조정래 대하소설

아리랑

청소년판

조정래 대하소설

아리랑

청소년판

6

[제2부 민족혼]

조호상 엮음 | 백남원 그림

해냄

미래의 나침반이며 등불

흔히 학생들이 싫어하는 공부에 꼽히는 것이 수학 다음에 역사다. '연대 외우느라고 머리에 쥐가 난다'는 게 그 이유다. 주입식 암기 교육이 저지른 병폐다. 그건 잘못된 일본식 교육의 잔재인 것이다.

역사교육은 '연대 외우기'가 아니라 '그 흐름의 이해'여야 한다. 이야기로서의 역사 흐름을 이해하게 되면 연대는 부차적으로 기억하게 된다. 그런데 시험문제를 연대 암기식으로 내니 학생들이 역사 공부에 진저리를 칠 수밖에 없다.

또한 역사에 대한 일반적 인식도 문제다. 흔히 역사란 '과거'라고 생각한다. 그것은 '시간'만을 한정해서 생각한 아주 잘못된 인식이다. 시간의 흐름이란 한 줄기로 계속 이어져 흐르는 물의 흐름과 같고, 우리 인간들의 생명의 흐름도 그와 다를 게 없다. 따라서 나는 아버지로부터 왔고, 아버지는 할아버지로부터 왔다는 이 쉽고 평범한 사실을 명심하는 것, 그것이 역사 인식의 기본이다. 그러므로 어제는 오늘의 아버지이고, 내일은 오늘의 아들인 것이다. 이 필연적 연속성에 의해 역사는 '지나가 버린 과거'가 아니고 '살아 있는 현재'이며 '다가올 미래'인 것이다. 그래서 역사는 오늘의 좌표를 설정하는 교훈이고, 문제 해결의 방법을 알려 주는 열쇠가 된다. 또한 역사는 미래를 가리키는 나침반인 동시에 미래를 밝혀 주는 등불인 것이다.

우리 한반도는 강대국들 사이에 끼어 있는 작은 땅이다. 우리가 하필 이 작은 땅에 태어나, 살다가, 여기에 뼈를 묻어야 하는 건 우리의 힘으로는 어찌할 도리가 없는 우리의 운명이고 숙명이다. 이 작은 땅, 약한 나라라서 5천여 년 동안에 크고 작은 외침을 931번이나 당했고, 끝내는 일본에게 나라를 빼앗기는 굴욕을 당하고 말았다.

'과거를 기억하지 못하는 사람은 그 과거를 되풀이한다.' 철학자 조지 산타야나의 말이다. '역사를 망각하는 민족에게는 미래가 없다.' 독립투사 단재 신채호 선생의 말이다. 치욕스러운 역사일수록 똑똑하게 기억해야만 하는 이유가 거기에 있다. 그래서 나는 일제 강점기의 굴욕과 핍박과 저항을 『아리랑』에 썼다.

그런데 그 이야기가 너무 길어 공부도 벅찬 학생들에게 꽤나 부담이 될 것 같았다. 그래서 좀 가볍고 쉽게 읽을 수 있도록 '청소년판'을 새로 엮게 되었다. 아무쪼록 우리 민족의 역사를 이해하는 데 청소년 여러분들의 친근한 벗이 되기를 바란다.

광복 70년, 분단 70년에

차례

제2부 민족혼

23

회오리바람

양쪽 강변으로 완만하게 뻗은 산줄기가 진초록 빛 몸을 압록강에 그림자로 담그고 있었다. 맑은 강물에는 돛단배까지 떠 있어 그 풍경이 그지없이 한가로웠다. 그러나 멀리서 바라볼 때 그렇게 아름다워 보일 뿐, 그 돛단배들은 수많은 사람의 고달픈 생계를 싣고 어디론가 떠가고 또 돌아오고 있었다.

양치성은 철교 가까운 강변에서 압록강을 살폈다. 강 하구 쪽에는 커다란 일본 기선들이 정박해 있었다. 작은 돛단배들은 그 기선으로 물건을 실어 나르고 있었다.

'일본은 무서운 대국이야. 미개한 조선은 당할 수밖에 없지. 독립? 털끝만큼도 가망 없는 일이야. 일본의 보호를 받으며 발전해

가는 것이 가장 현명한 일인데 왜 그걸 모를까?'

사람들이 앞다투어 철교 앞 검문소로 몰려들었다. 철교
를 건너 만주로 가는 농사꾼들이었다. 그들 사
이에는 장사꾼도 적잖이 섞여 있었다. 양치성
은 허름한 한복에 등짐을 진 장사꾼 차림으로
그 사이에 끼어들었다.

검문이 시작되었다. 짐들을 다 풀어헤쳐야
하는 1차 검색을 이미 거친 탓에 이번 검
문은 별로 까다롭지 않았다. 검문을 끝낸
사람들은 시름에 겨운 얼굴로 철교 양쪽
의 보도를 따라 걸었다.

보도를 걷던 양치성은 드넓은
강을 굽어보며 어금니를 맞
물었다.

"단단히 각오하지 않으면 안 되오. 만주 땅은 우리에게 치안권이 없어서 보호가 어렵고, 무슨 문제가 생겨도 영사관에서도 개입하지 않을 것이오. 중국과의 관계 때문이오. 그리고 만주에 투입한 우리 비밀 요원들 가운데 삼사 할은 어디론가 사라지고 있소. 독립군이라 부르는 조센징 폭도들한테 살해당하기 때문이오. 그런데 그놈들은 낮에는 농부인 척하다가 밤에는 폭도로 돌변하기 때문에 전혀 표가 나지 않소. 자, 무사히 임무를 완수하고 다시 만나는 날 천황 폐하의 은덕이 내릴 것이오."

나남에 주둔하는 일본군 제19사단 정보과에서 들은 말을 양치성은 되새기고 있었다.

경성에서 교육을 받은 특수반의 절반은 나남으로 이동해 그곳에서 이틀을 머물며 만주 상황에 대한 설명을 들었다.

나남은 프랑스의 파리처럼 꾸며져 있었다. 함경북도의 억센 산줄기에 에워싸인 나남은 자연 요새 같은 분지였다. 그 깊은 산골에 멋진 서양식 건물이 즐비하게 늘어선 도시를 만들었다는 게 양치성은 그저 놀라울 뿐이었다.

일본군이 처음 나남에 주둔한 것은 러일전쟁이 끝나면서였다. 그때 나남은 30집 정도가 마을을 이룬 시골 마을이었다. 그 뒤로 10년 동안 일본 사람들이 새 도시를 꾸민 것이었다. 그 나남 사단이 한만 국경의 수비를 맡고 있었다.

"사령부에서 이미 들었겠지만, 만주는 조센징 폭도들이 산골마다 박혀 있소. 그동안 우리 국경 수비대가 입은 피해도 적지 않소. 그놈들은 강을 넘어와 우리를 끈질기게 공격하고 있는데, 그 수가 자꾸 늘고 최신식 서양 총까지 갖추고 있소. 그런데 그놈들은 다람쥐처럼 산악 지대를 이동하는 데다, 작은 부대로 나뉘어 있어서 어디에 얼마나 있는지 알기가 어렵소. 뿐만 아니라 그놈들이 우리 요원들을 찾아내려고 혈안이 되어 있어 일본인 요원은 아예 투입할 수도 없소. 그래서 우리가 믿는 건 여러분 조선인 요원이니까 깊숙이 침투해서 정보를 입수하도록 하시오. 이 증명서는 우리 요원들끼리 서로 알아보지 못해 일어날지 모를 불상사를 막기 위해 사용하라는 것이오. 건투를 빌겠소."

신의주 수비대 본부에서 들은 말이었다. 양치성은 그 말을 되짚으며 화투짝보다 작은 증명서를 생각했다. 수비대에서는 장사꾼처럼 꾸밀 수 있게 옷이며 등짐을 내주고 그 증명서를 몸 어딘가에 숨기라고 했다. 비밀 요원의 활동의 시작이었다.

양치성은 철교를 건너 뒤를 돌아보았다. 조선 땅이 멀게 보였다.

'누가 죽나 어디 두고 보자!'

양치성은 등짐을 추슬렀다.

한편, 송수익은 교당에서 자주 손님을 맞았다. 모두 동포들이었다.

"선생님, 또 동포들이 찾아들었구만요."

필녀가 생글거리며 사무실로 들어섰다. 그녀의 이마에 송골송골 맺힌 땀에 8월의 만주 폭염이 지글거리고 있었다.

"음, 더운데 고생이 많네."

지도를 들여다보던 송수익은 고개를 들며 앉음새를 고쳤다.

"선생님헌티 인사들 드리씨요."

필녀가 마당에 서 있는 사람들에게 말했다. 넓지 않은 마당에 20명 넘는 사람들이 크고 작은 짐을 이고 진 채 엉거주춤 서 있었다.

"첨 뵙겠심니더. 즈들은 경상도 김해서 왔심더."

사십쯤 된 남자가 꾸벅 절을 했고, 다른 사람들도 따라서 고개를 숙였다.

"얼마나 고생 많으셨소. 어서 짐 내리고 들어가십시다."

송수익이 반갑게 맞아주자 지칠 대로 지친 사람들의 얼굴이 금세 밝아졌다.

송수익은 그들을 교당 안으로 안내했다. 교당 안에는 고요와 함께 엄숙함이 감돌았다. 그 종교적 분위기는 맞은편 제단 위에 모셔진 단군의 영정이 자아내는 것이었다.

"김해 분들을 뵙기는 처음이군요. 그쪽도 형편이 어렵기는 마찬가지겠지요?"

송수익은 부드럽게 말을 꺼냈지만, 그의 눈길은 빠르고 날카롭게 다섯 남자를 훑고 있었다. 그들이 정말 농민인지 살피는 것이었다. 농민으로 꾸미고 파고드는 밀정도 있었기 때문이다.

"아이고, 말도 마이소. 김해는 농토가 넓다 보니 왜놈들이 환장을 허는 기라요. 땅 뺏긴 사람이 억수로 많심더."

아까 인사했던 사람이 열 받은 소리로 말하며 고개를 내둘렀다.

"다 한동네 분들인가요?"

"한동네가 뭡니꺼? 다 한집안이라요. 다 역둔토 갖고 남부럽지 않게 살다가 토지조사로 동척 소작인 신세 된 것만도 가슴 치고 죽을 판에, 그 논이 어떤 왜놈 손으로 넘어가 소작도 떼인 기라요!"

그 남자는 분에 못 이겨 방바닥을 쳤다. 그러고는 놀라 얼른 손을 거둬들이며 송수익의 눈치를 살폈다.

"괜찮소. 농토를 뺏겼으니 분하고 원통한 것은 당연하지요. 그런 마음이 없으면 왜놈들 종이지 조선 사람이 아니오."

송수익의 말에 힘이 넘쳤다.

"아이고, 고맙심더. 즈들 맘을 알아주시니 속이 확 풀리면서 살 것 겉심더."

남자는 송수익을 보고 환하게 웃었다.

"선생님요, 즈들이 압록강을 건너기는 했어도 어디로 가야 헐지 막막해서 물어보니 통화현으로 가 보라는 기라요. 그래 그 말만 믿고 통화에 찾아와 선생님을 뵙게 된 기 아닌교. 여기 즈들이 발붙일 수가 있는지 모르겠십니더."

처음에 인사를 했던 사람이 머뭇거리며 꺼낸 말이었다.

"예, 잘들 오셨습니다. 허나, 여기 통화현에는 자리 잡기가 마땅치 않으니 제가 다른 현을 소개해 드릴까 합니다. 이 근방에는 벌써 많은 동포들이 자리를 잡아 논을 풀 땅도 마땅치 않고, 중국인 소작을 얻기도 쉽지 않은 형편이라 우리 동포들이 새로 자리잡을 만한 데를 골라 대종교단에서 소개를 하고 있습니다."

"거기가 어딘기요?"

"여기서 북쪽으로 이삼백 리 더 올라가면 혜룡현·동풍현·서풍현 같은 데가 있지요."

"우야꼬, 그라믄 자꾸 멀어지는 것 아닌교?"

그 남자는 난감한 얼굴이 되었다.

송수익은 그 남자의 마음을 다 헤아리고 있었다. 누구나 압록강에서 한 발이라도 더 멀어지는 것을 꺼려했다.

"이삼백 리라고 해야 넓은 만주 땅에서는 이웃이지요. 그리고 우리 동포들이 터 잡고 있는 곳이니 여러모로 도움이 클 것입니다."

"이거 우이하믄 좋노?"

그 남자가 실망스러운 얼굴로 일행을 둘러보았다.

"우리가 진밥 마른밥 가릴 처진교?"

한 남자의 뚱한 대꾸였다.

"그라믄 선생님 말씀대로 해도 되는 기제?"

"뻐떡 그리하소."

다른 남자가 손짓했다.

그들은 이틀 뒤에 송수익이 써 준 소개장을 가지고 마을을 떠났다.

송수익은 신세호의 소개로 온 고향 사람들도 그렇게 떠나보낼 수밖에 없었다.

대종교에서는 새로 개척한 지역에 신흥무관학교 출신들을 배치해 동포들을 돕고 선생 노릇을 하게 했다. 그렇게 한 데에는 까닭이 있었다.

총독부는 작년 10월에 모든 종교는 총독부의 인가를 받고 활동하라는 종교통제안을 공표했다. 대종교단은 심각한 고민에 빠졌다. 대종교의 총본사는 동만주에 있지만 국내에서 종교 활동을 하려면 그 법령을 피할 도리가 없었고, 총독부가 인가를 내줄리도 없었다. 그렇다고 국내 활동을 포기할 수도 없었다.

그 일을 해결하려고 교주 나철이 두만강을 건넜다. 한성에 있는 남도 본사에 도착한 나철은 총독부에 신청서를 제출했다. 그러나 서류는 각하되고 말았다. 신을 믿는 종교가 아니라는 이유였다. 그런데 평소에 유사종교로 취급받던 단체들의 서류는 모두 접수

되었고, 각하 당한 것은 오로지 대종교뿐이었다. 곧바로 포교 금지령이 내려진 것은 말할 나위도 없었다.

한배님(단군)의 뜻을 받들어 민족정기를 되살리고, 그 힘으로 조국의 광복을 이루려던 대종교는 정작 국내에서는 활동할 수 없게 되고 말았다. 이 사건을 계기로 교도를 더 늘리는 것만이 시련을 극복하는 길이라는 결의에 따라 만주로 건너오는 동포들을 더욱 적극적으로 맞아들이기 시작했던 것이다.

얼마 뒤 송수익은 반가운 손님을 맞이했다. 대종교 통화현 책임자인 한법린이었다.

"송 선생, 어서 피신하십시다."

한법린의 밑도 끝도 없는 말이었다.

"무슨 일입니까?"

"중국 관헌들과 함께 왜병들이 직접 나서서 우리 간부 교도들을 체포한다는 소식이오."

"왜병들이 직접 나서다니요? 그건 중국 땅을 침범하는 도발 행위 아닙니까?"

"돈으로 매수했겠지요."

"또 왜놈들의 간교한 술책이군요. 헌데 우리 현만 그렇습니까?"

"그건 아직 모르겠어요. 아마 압록강에서 가까운 현부터 차근차근 우리 세력을 몰아내려는 술책 같아요. 어서 길부터 나서는 게 좋겠어요."

한법린은 그답지 않게 몹시 서둘렀다. 그만큼 위급하다는 뜻이었다.

"가면 어디로 가지요?"

송수익은 대충 짐을 챙겨 가지고 나섰다.

"무송현으로 가야지요. 이런 형편을 알려야 하니까요."

"예, 그게 좋겠구만요."

무송현에는 환인현에서 강제로 추방당한 윤세복을 중심으로 교세가 형성되어 있었다. 그리고 그 조직을 기반으로 독립군 부대가 포진해 있었다.

"왜놈들이 대종교를 조선 땅에서 불법화한 것처럼 만주에서도 그러려는 건 아닐지요?"

송수익은 불길한 생각을 토로했다.

"저도 그런 생각이 듭니다. 교활한 왜놈들이 무슨 짓인들 안 하겠어요?"

한법린이 무겁게 고개를 끄덕였다.

"그거야 막아내야지요. 여긴 만줍니다."

송수익은 무엇을 힘껏 내리치기라도 하듯 단호하게 말했다.

"그렇지요. 중국 관헌들이 아무리 줏대 없고 썩었다 하나 우리가 힘을 발휘하면 못 막을 것도 없지요. 만주 관청도 우리 조선 사람들이 만주 개발에 얼마나 필요한지 잘 알고 있으니 함부로 하지도 못할 거구요."

한법린은 정확하게 맥을 짚어 내고 있었다. 사실 만주의 지주들은 누구나 조선 사람을 환영했다. 조선 사람은 그들이 내버리다시피 한 습지나 늪지를 논으로 둔갑시켜 재산을 불려 주고 있었던 것이다. 그 지주들은 하나같이 관청에 영향력을 행사했고, 관리들도 그들의 비위를 함부로 거스르지는 못했다.

송수익은 나흘 만에 무송에 도착했다. 예상대로 무송에는 그런 위험이 닥쳐 있지 않았다. 통화의 위험이 지나갈 때까지 그들은 무송에 머물기로 했다.

송수익은 무관학교에서 학생들을 가르치며 날을 보냈다. 그 무관학교의 운영은 무장 독립 투쟁을 목적으로 조직된 흥업단에서 맡았고, 교육은 독립군 부대에서 시키고 있었다. 그 독립군 부대는 홍범도와 함께 의병 투쟁을 하던 지난날의 의병장들이 이끌고 있었다.

보름쯤 지났을까. 대종교 교주 나철이 자결했다는 소식이 들려왔다. 사람들은 그 소식을 믿으려 하지 않았다. 그러나 나철의 유서 앞에서 그들은 말을 잃었다.

나철은 유서에 자신이 목숨을 바치는 까닭을 밝혔다. 첫째 배달민족의 번성이 걸린 대종교를 위해 죽는 것이며, 둘째 한배님의 은혜를 갚지 못한 죄로 한배님을 위해 죽는 것이며, 셋째 온 천하의 동포가 암흑 세상에서 벗어나게 하기 위해 대신 죽는 것이라고 했다.

나철은 대종교의 불법화에 죽음으로써 항거하는 동시에 대종교도들이 믿음을 굳건히 해 교세를 더욱 키워 나가기를 바라고 있었다. 나철의 죽음은 곧 순교이면서 순국이었다.

나철이 목숨을 끊은 구월산 삼성사는 단군이 승천한 곳이었다. 만주 땅에 민족종교 대종교를 일으킨 나철은 창교 8년 만에 그렇게 저세상으로 떠났다.

24

육혈포 강도

"아니, 뭣이 어쩌고 어째?"

백남일은 성한 한쪽 눈을 부릅뜨며 소리 질렀다.

"야, 기계 돌아가는 소리에 못 알아들었능갑다. 새로 잘 읊어 드려라."

도리우치라는 모자를 뒤로 발랑 젖혀 쓴 사내가 한쪽 다리를 까딱거리며 옆에 선 턱에 흉터가 있는 사내에게 턱짓했다.

"요런 대가리에 피도 안 마른 새끼들이, 내가 누군지 몰러?"

백남일은 거리가 더 가까운 흉터 있는 사내의 멱살을 틀어잡 았다. 그는 헌병대에 근무했던 지난날의 기억에 사로잡혀 자꾸 내가 누군지 아느냐고 목청을 돋웠다.

"힝, 세금을 안 바치고 주먹으로 해결 보겄다 그것이여? 그려, 어디 쳐 보드라고."

멱살을 잡힌 사내는 기가 죽기는커녕 오히려 턱을 치켜들며 대들었다.

"하이고, 저 짝눈으로 뭐가 보여 사람을 치겄냐?"

도리우치 사내의 빈정거림이었다.

아픈 데를 찔린 백남일은 잡힌 멱살을 뿌리치고 사납게 도리우치 사내를 공격했다.

"하! 니가 나를 먼저 쳤다 그것이제? 좋아 어디 맛 좀 보드라고."

얼굴을 호되게 얻어맞고 뒤로 물러선 도리우치 사내가 침을 내뱉었다.

백남일은 다시 주먹을 휘둘렀고 두 사람은 뒤엉켜 치고받기 시작했다. 그런데 턱에 흉 진 사내까지 덤벼들었다. 백남일은 두 사내의 주먹질에 얼마 못 가 무너지고 말았다.

"어디 심허게 상허게는 안 혔겄제?"

서무룡은 매서운 눈초리로 확인했다. 그는 머리 기름을 자르르 발랐고, 양복을 쪽 빼입은 데다 구두까지 신고 있었다. 딴사람이 된 그의 몸에서는 돈 바른 냄새가 풀풀 풍겼다.

"야아, 뼈다구 안 상허게 허느라고 입맛만 버려 부렀구만요."

"알겄어. 가서 술 한잔혀."

백남일은 서무룡이 친 덫에 걸려든 것이었다. 정미소를 제대로 해 먹으려면 세금을 바치라고 한 것은 그를 두들겨 패기 위한 구실에 지나지 않았다. 서무룡은 수국이를 자신이 차지하지 못하게 만든 백남일에게 그동안 참고 참았던 보복을 한 것이었다.

"크크크…… 고것 아주 잘된 일이여. 생각헐수록 총독부에서 헌 일 중에 잘헌 것이 그것이여."

백종두는 친화회 사무실에 앉아 웃음을 그치지 않았다.

그는 새로 시행하는 면 제도를 그렇게 고소해하고 있었다. 총독부에서는 10월 들어 전국의 200여 곳에 이르는 면의 이름을 바꾸었고, 그동안 조선 사람으로 채워 놓았던 면장 자리를 일본 사람으로 갈아 치우기 시작했던 것이다.

"회장님, 사장님이 왈패들헌티 몰매를 맞어 시방 병원으로 갔구만이라."

정미소 직공은 숨이 가빴다.

"무슨 소리여, 시방!"

백종두는 벌떡 몸을 일으켰다.

"야아, 왈패들이 세금 바치라고 혔는디 사장님이 못헌다고 헝게……."

"뭣이여! 가자, 병원부터."

백종두는 사무실을 뛰쳐나갔고 그 뒤를 간부들이 주르르 따라

나섰다.

한편, 정재규는 잔뜩 겁에 질린 얼굴로 장덕풍의 상점 앞에서 인력거를 내렸다.

"아이고 어르신, 어여 오시게라우."

장덕풍은 유리문을 열어젖히며 반갑게 정재규를 맞았다. 5부 이자는 보통이고 밤중에 노름판까지 돈을 갖다 주면 1할 이자가 붙는 빚돈을 쓰는 정재규는 고객 중의 고객이었다.

"자네 아들 좀 부르소."

정재규가 인사도 받지 않고 불쑥 내던진 말이었다.

자네 돈 좀 내놓소, 할 줄 알았던 예상이 빗나가자 장덕풍은 어리둥절했다.

"장 순사를 찾으시다니, 무슨 궂은일이 생긴 모양이제라?"

장덕풍은 꼭 '장 순사'라고 불러 아들을 높이는 동시에 자신이 순사의 아버지라는 것을 은근히 과시했다.

"경찰서 뒤집어질 일 생겼응게 얼렁 날 모셔 가라고 혀!"

정재규가 내쏘며 궐련갑을 꺼냈다.

'하, 그래도 저것이 양반 꼬랑댕이라고 아직 기는 펄펄 살어서 호령 한번 야무지시. 근디, 대체 무슨 일일랑고? 당최 짐작이 안 되네……'

장덕풍은 고개를 갸웃거리며 전화기의 손잡이를 돌렸다.

정재규는 그 편지를 다시 떠올렸다. 독립운동 자금으로 요구한 금액은 2만 원이었다. 그리고 만약 불응한다면 '예측할 수 없는 위험'이 있을 것임을 적어 놓았다. 더 놀라운 것은 '대한광복단'이라고 자기네 단체를 밝혀 놓은 점이었다. 그런 자들이라면 보복을 할 게 틀림없었다.

어물거리지 말고 빨리 경찰서에 알려 신변 보호를 요청해야 했다. 그러나 혼자서 경찰서를 찾아가기가 거북해 장칠문이를 떠올렸던 것이다.

경찰서에 가서 편지를 내놓은 정재규는 적이 만족스러웠다. 예상대로 경찰서의 반응은 요란했다. 반응이 요란할수록 자신은 값이 올라가는 것이고, 그래야만 신변 보호도 잘 받을 수 있을 것이었다.

"이놈들이 이렇게 대담하게 편지를 보낸 걸 보면 소문난 부자들에게 다 보냈을 거야."

"나도 같은 생각이야. 그것부터 수사하는 게 좋겠군."

경찰 간부들은 정재규를 제쳐 놓고 자기들끼리 이야기하기 바빴다.

"가만, 그 편지 소인이 어디로 찍혔는지 확인해 봐."

"어디 보자. 평양, 평양이야."

"위장술인가? 전라도 놈들이 말야."

"그럴 수도 있고, 아닐 수도 있지."

"아니면 그놈들 조직이 평양에도 있다는 건가?"

"지금 분명한 것은 전라도의 조직을 위장하려고 평양에서 발송했다는 것하고, 전라도 조직과 평양 또는 제3지역의 조직이 연결되어 있다는 점이야."

"그럼 전라도 조직을 찾아내는 게 우리 발등에 떨어진 불이로군."

"자 그럼, 정 선생이라 하셨던가? 신고해 줘서 고맙고 그만 돌아가도 좋습니다."

"아니, 무슨 소리요? 그냥 가라니!"

정재규가 벌컥 화를 냈다.

"아니, 왜 그러시오?"

"그 편지를 똑똑히 읽어 보시오. 돈을 안 내면 예측할 수 없는 위험이 닥칠 줄 알라는디, 나는 돈을 안 낸 데다 경찰에 알리기까지 했소. 그러니 나를 죽일라고 헐 것 아니겄소?"

"헌데, 우리보고 어쩌란 말이오?"

"아니, 몰라서 묻소? 신변 보호를 해 줘야 헐 것 아니오."

"그건 좀 곤란하겠는데요. 다른 일에도 인력이 부족한 형편이니까요."

"그러면 나보고 앉어서 죽으란 말이오? 좋소, 내가 살 방도는 그놈들헌티 2만 원을 내주는 것뿐이니 그리허겄소. 내가 그놈들헌티 돈을 줘도 아무 죄가 안 된다고 서약서나 써 주시오."

정재규의 느닷없는 공박에 간부들은 어리둥절해지고 말았다.

"알겠소, 오늘 중으로 신변 보호를 할 테니 돌아가서 기다리시오."

한 사람이 불쑥 말했다.

"하루 이틀로는 안 되고 그놈들이 다 잡힐 때까지 우리 집을 지켜야 하오."

"아 글쎄, 알았소. 한 달이고 두 달이고 지켜 주면 될 거 아니오."

그 간부는 목소리를 높이며 정재규를 밀어내듯 했다.

경찰서를 나온 정재규는 마음이 후련했다. 돈도 안 뺏기고 신변 보호도 받게 되었으니 일이 마음먹은 대로 착착 해결된 것이었다. 이렇게 일이 잘 풀리는 날 노름판을 벌이면 한판 크게 잡을 게 틀림없었다.

노름판의 초장부터 정재규는 판돈을 크게 걸며 밀어붙였다. 해거름이 되었을 때 정재규는 쌀 100가마니가 넘는 돈을 잃고 말았다. 치솟는 성질로는 밤을 새고 싶었지만 그는 어쩔 수 없이 자리를 떠야 했다. 지금쯤 경찰서에서 순사들을 집으로 보냈을지도 모를 일이었다.

서둘러 집으로 돌아온 정재규를 맞이한 것은 순사들이 아니라 열 명 남짓한 건달패였다. 그들은 행랑채에서 밥상을 받고 있었다.

"안녕허신게라우? 나는 서무룡이라고 허는디, 경찰서에서 이

댁을 잘 경비해 드리라고 혀서 배치됐구만요."

서무룡은 김치 냄새를 풀풀 풍기며 정재규에게 인사했다.

"아니, 요럴 수가 있능가! 순사들을 보낸다고 해 놓고 요런……."

정재규는 건달 놈들을 보냈냐는 그다음 말을 꿀꺽 삼켰다.

"순사가 아니고 주먹 패라 맘에 안 든다 그것이오? 나도 오고 싶어 온 것이 아니고 경찰이 가라고 혀서 온 것잉게 아주 잘되았소, 먹던 밥이나 먹고 뜨겄소."

서무룡은 미련 없이 돌아섰다.

정재규는 그만 난감해졌다. 대한광복단에서 자신이 경찰서에 다녀온 것을 보았다면 밤중에 당장 들이닥칠 수도 있었다.

"아니여, 자네들은 그냥 경찰서에서 시킨 대로 혀. 근디, 총도 없이 무슨 경비를 서제?"

태도를 바꾼 정재규는 아무 무기도 없이 밥 먹기에 정신을 팔고 있는 주먹 패들을 마땅찮게 훑어보았다.

"쌈이라면 열이고 백이고 식은 죽 먹기잉게 당최 걱정 마씨요." 서무룡이는 코웃음 치고는, "근디, 밤잠 못 자면서 집을 지킬라면 먹는 것부터 실해야 허는디, 반찬이 요래 갖고야 어디 기운 쓰겄소?" 하고 턱을 치켜들며 반찬 타박을 했다.

그 완연한 시비조에 정재규는 그만 가슴이 뜨끔해졌다.

"미안허게 되았네. 넬부터는 상을 걸게 차리라고 이르겄네."

"낼부터 걸게 차리라고 이르면, 오늘 밤참은 또 맛대가리 없이 먹으라는 것이오?"

"그려, 밤새워 지키자면 밤참을 먹어야겠제. 밥상 걸게 차리라고 당장 이를 것잉게 자네들은 집이나 철통겉이 지키게."

하나같이 불량기가 흐르는 그들이 마음에 들지 않으면서도 정재규는 흔쾌한 척 말할 수밖에 없었다.

"여봐라, 저 사람들은 우리 집을 지키러 왔으니 끼니마다 밥상 걸게 차려 내고, 아무 불편 없게 잘 뫼시거라."

정재규는 서무룡이 지켜보는 앞에서 행랑아범에게 일렀다.

"사람들이 다 기운 쓰게 생겨서 안심이 되는구만요."

정재규의 아내도 거금을 빼앗기지 않아도 되는 기쁨에 넘쳐 그들을 반겼다.

그러나 그들은 이틀을 넘기지 못하고 두통거리가 되었다. 일꾼들을 밀어내고 행랑채를 차지한 그들은 이런저런 말썽을 일으키기 시작했다.

그들은 실컷 늦잠을 자고 일어나 밥상을 가져오라고 호령을 해 댔고, 끼니마다 기름진 반찬을 내놓는데도 반찬 투정을 했고, 담배를 사 내라고 못을 박았고, 낮에는 빈둥거리면서 술상을 차려 내라고 못살게 굴었고, 술에 취해서는 아무 여자에게나 희롱을 걸고는 했다.

"아이고메, 저 사람들 등쌀에 더는 못 살겄소. 차라리 돈을 내놓고 저 인종들을 몰아냅시다."

그들의 말썽에 지친 정재규의 아내는 머리를 내둘렀다.

"인제 와서 될 말이간디?"

정재규는 한마디로 무질러 버렸다.

하지만 정재규 내외는 날마다 다투었다.

"무슨 일 저지를지 모르니 인제 그만 내보냅시다."

"다 알고 있응게 쬐깐만 더 참어."

"벌써 보름이 넘었단 말이오. 언제까지 더 참어야 헌다요?"

"어허 참, 남자 허는 일에 무신 잔말이 그리도 많어!"

정재규는 버럭 역정을 냈다. 다툼은 으레 이렇게 매듭짓고는 했다.

그런데 때마침 대한광복단원들이 대구의 부자 장승원을 사살한 사건이 일어났다. 지난날 관찰사를 지내면서 임금의 토지까지 착복해 가며 재산을 모은 장승원은 대한광복단의 군자금 모금에 불응했을 뿐만 아니라 광복단원들을 경찰에 밀고하려 했던 것이다. 광복단에서는 편지를 보낸 전국의 부자들에게 시범을 보일 겸 장승원을 권총으로 쏘아 죽인 것이었다.

그 사건이 신문에 보도되면서 '육혈포 강도단'이란 말이 생겨났다.

정재규는 더 이상 아내와 다툴 필요가 없게 되었다. 그의 아내는 육혈포 강도들에게 겁을 먹고 입을 꼭 다물었던 것이다.

한편 공허는 대한광복단 전라도 지부장 이병호를 은밀하게 만났다. 그 자리에는 뜻밖에도 광복단 총사령관 박상진이 와 있었다.

"아니, 박 선생님이 전라도 땅에 어쩐 일이시당가요?"

반갑게 말하면서도 공허는 박상진에게 위험이 닥쳤다는 것을 직감했다.

"예…… 일이 뜻대로 안 돼서요. 후일을 도모하려 만주로……."

박상진은 말을 아끼며 입을 꾹 다물었다. 강단 넘치는 그의 젊은 얼굴에 그늘이 스쳤다.

그 그늘만으로도 공허는 박상진의 마음을 충분히 헤아릴 수 있었다. 박상진은 나라를 되찾으려면 왜놈과 맞서 싸워야 하고 그러려면 군대를 양성해야 하고, 군대를 양성하려면 막대한 군자금이 있어야 한다는 생각을 굳게 가진 인물이었다. 그 군자금을 구하기 위해 박상진이 전국에 걸쳐 조직한 것이 대한광복단이었다.

공허는 2년 전에 송수익을 통해 그 조직과 연결되었다. 그러나 공허는 거기에 가담하지 않았다. 왜놈과 맞서 싸워야 한다는 생각은 같았지만 군자금을 구하는 방법에는 동의할 수 없었다.

박상진은 부자들에게 통고문을 띄우는 공개적인 방법을 썼다. 공허는 그 방법이 통할 것으로 믿지 않았다. 이미 의병 투쟁 때 겪은 일이 있었다. 의병 부대의 군자금 요구에 선선히 응한 부자들은 열에 하나가 못 될 지경이었다. 부자들은 꼭 총칼을 들이대

야만 죽지 못해 돈을 토해 낼 뿐이었다.

그뿐만 아니라 조직이 커지는 것도 위험했다. 일본의 경찰력과 병력은 계속 커져 왔고, 우체국의 통신망도 거미줄 치듯 깔아서 조선 땅 어느 주재소에서나 수상한 사람의 신원을 단 이틀이면 전화로 알아낼 수 있었다. 그런 상황에서 큰 조직은 드러나기 쉽고, 어느 한쪽이 드러나면 피해자가 많이 생길 수밖에 없었다.

"스님의 예견이 맞았습니다. 부자들 마음이 그럴 줄은……."

박상진은 무겁게 입을 열었다가 또 말끝을 맺지 못했다. 그의 매서운 범눈과 굳게 닫힌 입에는 분노와 고통이 서려 있었다.

공허는 급히 노자를 마련하여 충청도로 길을 잡는 박상진을 배웅했다. 겨울 찬바람 속으로 멀어지는 박상진을 지켜보며 공허는 그의 앞길이 무사하기를 빌었다.

해가 바뀌고 공허는 박상진의 체포 소식을 들었다. 위독한 모친을 보러 집에 갔다가 잡히고 만 것이었다.

25

서당을 없애라

먼 야산에 진달래가 피었다 지고, 섬들의 자취가 사라질 만큼 바다에 아침 안개가 짙어지면서 군산 포구에는 일본 배들이 부쩍 늘어났다. 배가 많이 들어오면서 부두는 활기가 넘쳤다. 값이 오르기를 기다리며 겨울잠을 재운 볏가마를 실은 달구지가 줄을 잇고, 육중한 창고 문들이 활짝 열리고, 쌀가마를 나르는 노동자들의 몸짓은 개미 떼의 움직임처럼 분주했다.

노동자들은 그저 쌀가마를 나를 뿐 다른 생각은 없는 것처럼 보였다. 그러나 그들은 십장의 눈을 피하고 경찰과 헌병의 귀를 피해 가며 또 조합을 결성하고 있었다.

손판석은 며칠 전부터 그런 눈치를 채고도 모르는 척했다. 속으로는 노동자들을 응원하면서 경찰이나 헌병 쪽에 신경을 곤두세웠다. 자신은 어디까지나 경찰의 끄나풀이었다. 경찰이 알아채고 덮칠 때까지 가만있어서는 안 될 일이었다.

경찰이나 헌병 쪽에서는 끄나풀을 한둘 박아 둔 게 아니었다. 자신은 미룰 만큼 미루다가 누군가의 고자질로 경찰이 냄새를 맡은 기미가 느껴지면 그때 보고할 작정이었다. 공허 스님이 가르쳐 준 방법이었다.

"손 샌! 무슨 생각을 그리 허고 계시오? 별일 없소?"

서무룡은 손판석에게 담배를 권하며 자리에 앉았다.

"십장 자리야 그날이 그날이제 무슨 일이 있겠능가?"

손판석은 심드렁하게 대꾸했다.

"참말로 답답허요. 저놈들이 또 조합을 만들라고 패를 짜고 있단 말이오."

"나는 또 무슨 소리라고? 그것이야 진작에 냄새 맡고 있었구만."

"뭣이요? 알고 있었으면 진작에 안다고 헐 일이제, 시방 누구 화 지르고 있소?"

서무룡은 영 맥 빠져하며 심술이 든 눈을 고약하게 치떴다.

"어허, 내가 화 지를 사람이 없어서 자네 화를 지르겠능가?"

손판석은 시치미를 떼며 오늘 장칠문이를 만나기로 작정했다. 서무룡이가 냄새를 맡았으면 장칠문이는 이미 알고 있을 게 뻔했다.

"참 그 일은 어찌 되았어? 정 부자헌티 돈 받아 내는 거."

손판석은 친근한 척 웃음 지었다.

"아, 그 정가 놈! 아직 쬐깨 남아 있구만이라. 놀부 같은 놈!"

서무룡은 얼굴을 구기며 침을 뱉었다.

"얼마나 남았는디?"

"50원인디, 이달 안으로 끝장 볼 참이오."

"300원에서 많이 받아 냈구만……."

손판석은 집을 지켜 준 수고비로 300원이라는 큰돈을 내놓으라고 덤빈 서무룡이나, 서무룡이 같은 주먹 패를 상대로 그 돈을 한꺼번에 주지 않고 몇 달씩 질질 끌고 있는 정재규나 둘 다 어지간하다고 생각했다. 한편으로는 독립군 자금을 안 내놓으려고 주먹 패를 끌어들인 정 부자가 그런 시달림을 당하는 것은 열 번 싸다 싶었다.

"근디, 그 광복단인가 허는 넋 나간 사람들은 잡힌 다음에 다 어찌 되았능고?"

손판석은 걱정스러운 속마음은 싹 감추고 지나가는 소리처럼 물었다.

"싹 다 사형 언도 받아 부렀소."

손판석은 가슴이 쿵 울렸다.

"참 넋 나간 사람들이여……."

손판석은 감정을 드러내지 않고 헛웃음 치듯 했다.

"그 넋 빠진 인종들이야 인제 죽을 일밖에 안 남었고, 손 샌이야 조합 꾸밀라는 주모자가 누군지나 찾아내는 것이 좋을 것이오."

서무룡이 순사 같은 말투를 쓰며 몸을 일으켰다.

"자네, 보름이는 어찌 지내는지 알고 있능가?"

"아 글쎄, 보름이가 세키야 그놈 애를 가졌단 말이오."

서무룡은 침을 내뱉었다.

그 말에 손판석은 가슴이 아려 오면서 다시금 감골댁에게 죄지은 마음이 깊어졌다. 보름이가 처음 군산으로 왔을 때 바로 감골댁에게로 보내지 못한 것이 또 후회스러웠다.

한편, 공허는 돌발 사태에 대처하느라 날마다 서당 선생들을 만나고 있었다.

공허는 최유강을 만난 다음 날 밤에 안재한을 찾아갔다.

"이것을 법이라고 헐 수 있는가요? 눈에 거슬리는 사립학교를 다 폐교시키더니 인제 서당까지 없앤다는 것인디, 이것이야말로 사람 물에 빠쳐 놓고 목까지 조르는 격 아닌가요?"

인사를 나누자마자 안재한이 방바닥에 놓인 종이 한 장을 가리키며 침통하게 꺼낸 말이었다. 그 종이는 총독부가 3월에 공포한 '서당규칙'이었다. 그건 바로 '서당폐쇄법'이었다.

"면사무소는 언제 댕겨오셨등가요?"

공허는 그 종이가 면사무소에서 받아 온 것임을 알고 있었다.

"한 사날 됐구만요. 면장 놈이 요 종이 쪼가리를 내밀고, 주재소장 놈은 그것을 소리 내서 읽으라고 명령허드만요. 에이 고얀 놈들!"

안재한은 세차게 혀를 찼다.

"주재소장 놈이 한술 더 뜨는구만요."

공허는 안재한이 당한 모독을 어떻게 위로할 수가 없어서 그 심정 다 알고 있다는 뜻으로 이렇게 말했다.

"편히 살라면 서당 문 닫으라고 협박을 허드만요."

안재한이 쓴웃음을 지었다.

"서당규칙 말고도 따로 단속을 철저히 허라는 훈령 때문에 그 놈들이 더 발광허는 것이구만요."

총독부에서는 서당규칙 발표와 함께 '이름만 서당으로 해서 사립학교규칙 적용을 피하려 하는지 특히 잘 살펴 단속해야 한다'는 훈령을 내렸던 것이다.

"헌디, 면사무소에 신고는 어찌허셨는가요?"

공허는 윗몸을 굽혀 얼굴을 안재한 쪽으로 가까이하며 넌지시 물었다.

"예, 서당 문을 닫아서는 안 되니 신고서를 내긴 냈구만요."

"아주 잘허셨구만요. 서당이야 무슨 일이 있어도 해야 헌께요."

공허는 탄력 넘치는 목소리에 맞추어 크게 고개를 끄덕였다.

그가 서당 선생들을 찾아다니는 까닭도 바로 신고서를 내게 하려는 데에 있었다.

"헌디…… 신고를 허면 그것이 덫에 걸린 산짐승 신세인디 앞으로 어찌해야 헐지……."

안재한은 무거운 한숨을 내쉬었다.

"맘만 강단지게 먹으면 이까짓 법망 뚫고 나갈 방도야 얼마든지 생길 것이오."

공허는 말에 힘을 주었다.

"스님께서 그동안 타국 땅을 오가면서 무진 애를 쓰셨는디……."

"어디 지 혼자 헌 일이간디요? 만주에서 책을 만든 사람들, 만주를 오가면서 책을 들여온 사람들, 그 책을 필사허고 등사헌 사람들, 그리고 그 책으로 학동들을 가르친 사람들이 다 나라 찾자는 한마음으로 해낸 일이지요."

공허는 그동안 해 온 일을 더듬으며 감회에 젖었다.

그동안 서당 교육에 적극적으로 나선 것은 서당 교육이 나라를 찾기 위한 중대한 사업이기 때문이었다. 총독부에서는 사립학교규칙을 공포해 사립학교를 대거 폐교시키고, 폐교를 면한 학교는 공립학교와 똑같이 감시하는 탄압을 자행했다. 그 탄압을 피하는 길이 바로 서당을 많이 만드는 것이었다. 그런데 총독부는 결국 서당규칙까지 만들어 내고 말았다.

"헌디, 요번 일로 서당이 추풍낙엽으로 문을 닫게 되면 참말로……"

안재한은 말끝을 맺지 못했다.

"그럴 수도 있고…… 반대로 더 늘어날 수도 있고……"

공허는 혼잣말을 하듯 했다.

"그것이 무슨 말씀이신지……"

안재한은 어리둥절해져 공허를 바라보았다.

"더 두고 봐야겠지만 요번 조치가 생각 있는 조선 사람들헌티 반감을 사기 딱 좋고, 또 바깥세상이 엄청 변해서 그 바람이 조선 땅으로 불어닥치고 있구만요."

공허의 말에 힘이 느껴졌다. 그러나 안재한은 그의 말을 선뜻 이해하기 어려웠다.

"……그 바깥세상이란 것이 혹여 아라사가 망헌 것을 말허시는 지……"

안재한은 그저 장님이 문고리 더듬듯 조심조심 말했다.

"예, 작년 10월에 아라사 왕족이 망허고 공산주의라는 새 주장이 퍼지고 있구만요. 그 주장이 시방 조선 땅에도 불기 시작했고, 요번에 정무총감도 그 바람을 막으라고 명령혔구만요. 허나, 그 새 바람이 쉽게 막아지지는 않을 것인디요."

비로소 공허의 말이 분명해졌다.

"정무총감이 명령헐 만큼 서당 선생들이 공산주의란 새 바람을 타고 있는가요?"

안재한은 궁금증과 함께 어떤 소외감 같은 것을 느끼며 물었다.

"예, 선생들이 그 사상을 많이 접하고 있구만요."

"그것이 우리헌테 쓸 만헌 주장인가요?"

"예, 공산주의의 여러 주장 가운데 일본 겉은 제국주의 나라들을 쳐 없애고 압제받는 약소민족들을 해방시킨다는 대목이 들어 있응게 우리헌테 딱 들어맞는 것 아니겠능가요?"

"그렇구만요. 스님이 책 구허실 때 지도 좀 구해다 주면 좋겠는디요."

"예, 그러겄구만요. 허고 당분간 서당 공부는 한문허고 산술만 가르쳐 트집을 안 잡히는 것이 좋겠구만요. 서당규칙 때문에 그럴 수밖에 없는 사정을 학동들이 알게 허는 것도 아주 좋은 반일 공부가 될 것잉게요."

"예, 그것 참 좋은 공부가 되겠구만요."

공허는 바랑을 들고 일어섰다.

안재한의 집을 나선 공허는 포교당을 찾아들었다.

도림이 한성에 있는 불교학교를 다니기 위해 떠나면서 자리를 이어받은 지선은 잠귀가 어두워 공허는 네댓 차례나 방문을 두들겨야 했다.

"맘귀가 어두우니 잠귀도 어두운 것인디, 그래 갖고야 어디 부처님 말씀이나 중생들 애통헌 말이 들리겄어?"

공허는 어둠 속에서 하품을 하는 지선에게 쏘아붙였다.

"깊은 밤에 돌아댕기면서 큰소리는. 달마 스님 잠귀 어둔 것도 모르는감?"

"아이고, 알었네. 도림헌테는 소식 없는가?"

"짤막헌 편지가 왔는디, 왜놈식 공부가 통 맘에 안 드는 모양이여."

지선은 불공 올리고 남은 토막 초에 불을 당겼다.

"속창아리 있는 중놈이면 당연지사제."

공허는 바랑에서 무언가를 꺼내느라 부스럭거리며 퉁명스레 말했다. 그는 곧 바랑에서 꺼낸 것을 손에 든 채 등을 벽에 기댔다.

"그것이 뭐이여?"

지선은 목을 늘이며 공허 옆으로 다가들었다.

"아무것도 아니시."

"이잉? 아무것도 아니기는, 요것 비녀 아니라고?"

지선이 놀라며 눈이 커졌다.

"다 알면서 왜 물어?"

공허는 지선을 거들떠보지도 않고 왼손에 든 나무 비녀를 요리조리 살폈다. 그의 오른손에는 조그만 유리 조각이 들려 있었다.

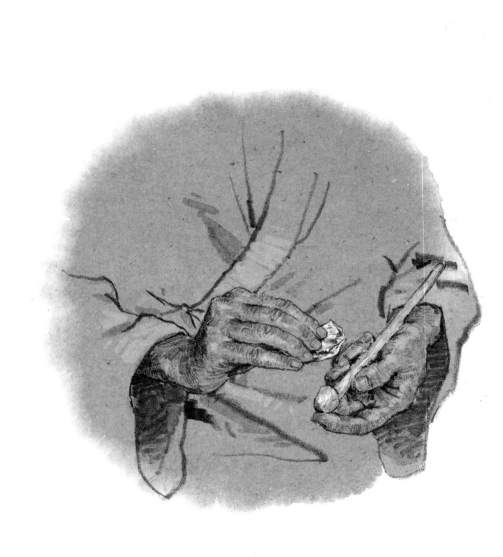

"허 참, 어디 각시가 생긴 것이랑가?"

지선은 침을 꿀떡 삼키며 공허 옆으로 더 바짝 다가앉았다.

"파계승 공허헌티 불벼락 치라고 어서 목 터지게 고허기나 혀."

공허는 유리 조각으로 나무 비녀를 긁으며 가루를 후후 불었다.

"아니, 그 여자가 누구여? 아주 옷 벗고 장가들 참이여?"

"어디 보자, 이만허면 쓸 만허니 만들어진 셈이제?"

공허는 들은 체 만 체 손가락 끝에 나무 비녀를 세워 들고는 만족스레 웃으며 다른 나무토막을 꺼냈다.

"아니, 요것은 젖둥이들이 빠는 노리개 아니여?"

"중이 잘도 알아보네."

"자네 어디다 자식 낳아 뒀구만!"

지선은 환성인지 탄식인지 모를 소리를 냈다.

"아따, 귀청 떨어지겠네. 그만 자소."

공허는 다시 젖먹이 아이들이 빨고 노는 노리개를 다듬기 시작했다.

"아이고, 잠이 오게 생겼능가? 그러지 말고 세세히 얘기 좀 혀 보소."

지선은 마른침을 삼키며 공허의 어깨를 잡아 흔들었다.

"그 사람 참, 비녀에 노리개 다 봤응게 알 것 다 안 것이고, 이리 저리 떠돌아댕기다가 인연이 맺어진 것 아니겠어?"

"그 대목을 세세히 말허란 말이시."

"자네가 염불에만 맘 둔 중이면 뭐헐라고 땡초가 저지른 못된 짓을 알라고 혀?"

"아이고, 저 뻔뻔헌 입을 누가 당해? 어쨌거나 불지옥에 떨어질 것은 자네가 알어서 헐 일이고, 그 죽산면 부자 왜놈 말이시, 요번에 또 못된 짓 혔등마."

"이? 그 하시모토 놈이 싹수머리 없이 또 무슨 짓을 혔는디?"

공허는 손놀림을 멈추며 고개를 들었다.

"그 못된 인종이 사람을 죽게 만들었드랑게. 그 죽은 사람이 어머니가 중병이 들어 그놈헌티 논문서를 잡히고 빚을 얻었다는구만. 근디, 노모는 돈만 다 까먹고 몇 달 만에 세상을 뜨고, 그 아들은 돈을 갚을 길이 없어서 1년을 넘겼다는구만. 다달이 이자 늘어나는 빚을 못 갚아 애가 타는디, 올봄에 웬 소작인이 논에 덜컥 붙었드랑마. 놀라서 알아보니 잡힌 논이 그 왜놈 앞으로 넘어갔더란 말이시. 그래서 눈에 불을 쓰고 따졌더니 그 왜놈이, 이자를 다달이 안 내서 이자에 이자에 이자를 물려 계산허니 논값을 넘었다고 허드랑마. 근디, 돈을 빌릴 적에는 다달이 이자를 못 내도 그리 계산헌다는 말은 없었다는 것이여. 그래 그것을 따지니 왜놈 말이, 그런 말이 따로 없었던 것은 당연히 그리 계산헌다는 약조라면서, 억울허면 법으로 따지라고 더 만나 주지도 않드랑마. 그 사람은 너무 기가 막혀 소작인이 논에 들어서지 못허게 막았는디, 며칠 뒤에 주재소로 붙들려 가 늑신허게 매타작을 당허고 나와 뒷산에서 목을 매달아 버린 것이제."

"그런 오사육시헐 놈이 있능가!"

공허는 불덩이를 왈칵 토해 냈다.

"토지조사 덕에 그놈이 죽산면에서 제일가는 지주가 됐다는구만. 그리 지독시리 논을 모으면 얼마 안 가 죽산면 땅이 다 그놈 차지가 될 것이라는 말이 자자허등마."

공허는 뿌드드득 이빨을 갈았다.

지선의 말은 과장이 아니었다. 토지조사를 이용해 그동안 논밭을 늘려 온 하시모토는 죽산면을 반 넘게 차지한 대지주가 되어 있었다. 적토마를 타고 들판을 거침없이 내달리는 그는 대지주일 뿐만 아니라 죽산면에서 제일가는 권력자이기도 했다. 면장도 주재소장도 그의 손아귀에 잡혀 있는 죽산면의 천황이고 총독이었다.

아지랑이가 자욱하게 아롱거리며 피어오르는 속에 논마다 자운영 붉은 꽃이 넘치도록 곱게 피어났다. 그 꽃들이 풋거름으로 땅에 파묻히면서 모내기가 시작되었다.

모내기가 막바지에 이를 즈음 총독부는 토지조사사업 완료를 발표했다. 1918년 6월 18일이었다. 8년에 걸친 그 사업으로 조선총독부는 조선 땅의 45퍼센트를 차지한 최대 지주가 되어 있었다.

26

뙤약볕, 진펄밭

"니 일본으로 공부 떠난다는 것이 참말이냐?"

정재규는 동생 도규와 마주 앉자마자 마땅찮은 말투로 물었다.

"예…… 가야지요."

정도규는 마지못한 듯 더디게 대꾸했다.

"경성까지 가서 공부했으면 됐제 일본에는 뭐하러 또 갈라고 그라냐? 요런 놈의 세상에서 벼슬해 먹을 것도 아닌디."

정재규의 고까워하는 눈길이 동생을 훑고 지나갔다.

"옛 성현들이 간곡하게 공부를 권한 것이 꼭 어디다 써먹으라고 그랬던가요? 우선 사람이 되는 근본을 닦고, 그다음에 세상을 위해 바르게 쓰면 더 좋은 것이지요."

정도규의 딱딱한 목소리는 더없이 엄숙하면서도 냉정했다. 무언가 트집을 잡으려는 큰형의 마음을 알아차린 정도규는 단 한마디로 그 의도를 깰 필요를 느꼈다.

'그래, 신식 공부 더 많이 해서 송수익 같은 얼개화꾼 돼 갖고 집안 망칠라고 그러냐!'

정재규는 일본 유학을 막으려고 미리 준비해 놓은 이 말을 꺼내지도 못했다.

"일본 유학은 학비가 엄청 든다는디, 공부 마칠 때까지 니 재산이 무사허겄냐?"

정재규는 걱정하는 척 말머리를 돌렸다.

"예, 대충 계산해 봤는데 재산이 늘지는 못해도 축날 것 같지는 않더군요."

"어허, 재산이 세월이 가면서 늘어도 온갖 시세 오르는 것에 비허면 도로 그 푼수인 법인디, 몇 년이 흘러도 재산이 그대로면 그것이 바로 축나는 것이여."

한심하다는 듯 정재규는 혀를 찼다.

"별수 없지요."

'그리 계산을 잘하면서 당신은 왜 맨날 노름으로 재산을 탕진하고 있소!'

정도규는 이렇게 쏘아 대고 싶었다.

"헌디, 경성도 아니고 타국에 나가 있자면 재산 간수를 잘해야 헐 것인디……."

정재규는 은근히 말머리를 돌렸다.

"그래서 이번에 단단히 단속을 하기로 했어요. 애도 생겼으니 안사람도 언제까지 형님 댁에 폐를 끼칠 수도 없고 말이지요."

정도규는 딴살림을 나겠다는 뜻을 분명히 했다. 재산을 탐하는 큰형의 속마음을 끊으려는 것이었다.

"아니, 계수씨 혼자 살게 헌다는 것이냐?"

정재규는 뜻밖의 말에 놀라지 않을 수 없었다.

"안사람이 어디 혼잔가요? 애가 있고, 식모에 행랑아범 식구에 꼴머슴까지 모두 예닐곱이나 되는데요. 그리고 행랑아범이 아주 믿을 만하거든요."

정도규는 더 이상 이야기를 끌고 싶지 않아 굳이 밝히고 싶지 않은 말을 털어놓았다.

"아니, 행랑아범이 누군디 믿을 만허다는 것이냐?"

"예, 마침 그런 사람을 구했어요."

정도규는 얼버무렸다. 새로 들일 행랑아범 내외는 아내를 업어 키운 사람들이었다. 그러나 큰형이 그 사실을 알게 되면 처가 쪽 사람을 끌어들여 집안 망칠 놈이라고 화풀이를 할 게 뻔했다.

"그려, 어디 나가서 살어 봐. 맘보 고약헌 작인 놈들 등쌀에 사는 맛이 짭짜름허니 좋을 것잉게."

정재규는 심통 사납게 오금을 박았다.

"헌데, 큰형님 조심하는 것이 좋겠던데요. 광복단 비밀 단원 수백 명이 날뛴다는 소문이니까요."

정도규가 불쑥 내놓은 말이었다.

"헹, 즈그 놈들이 무슨 짓을 해도 아무 걱정 없다. 내 옆에는 경찰에 헌병이 있응게."

정재규는 큰소리를 쳤다. 그러나 얼굴은 겁에 질려 있었다.

"군자금을 요구하는 일이 또 있을지는 모르지만, 만약 그런 일이 또 생기면 돈은 안 주더라도 경찰에 신고는 안 하는 게 좋겠어요. 사람들이 손가락질하는 흉거리니까요."

정도규는 집에 돌아온 한 달 동안 참아 온 말을 꺼냈다.

"뭣이여? 니가 날 훈계허냐 시방? 허고, 어떤 놈들이 흉을 본다는 것이냐!"

정재규는 삿대질을 하며 소리를 질렀다.

"흉보는 소리야 세상은 다 아는데 당자만 모르는 것 아닌가요? 작은형님도 작인들한테 모질게 해서 욕먹고 있는데……, 우리 형제들이 인심 잃어서 좋을 게 뭐가 있나요."

정도규는 싸늘한 얼굴로 큰형을 쏘아보았다. 만석꾼이 될 욕심에 미쳐 있는 작은형의 사나운 지주 노릇까지 생각하며 정도규는 심한 수치심을 느끼고 있었다.

"상규 그놈이야 되도 않을 만석꾼 욕심으로 점심밥도 거르는 판이니 작인들헌티는 얼마나 독허게 허겄냐? 욕먹어 싸다. 인심이야 그놈이 잃고 있응게 헐 말 있으면 거기 가서 다 혀라. 가, 얼렁 가!"

정재규는 휘이휘이 팔을 내저으며 동생을 외면했다.

정도규는 칙칙한 마음으로 사랑방을 나섰다.

"허, 작인 놈들 맘보가 얼마나 시커먼데 그런 태평스런 소리를 허고 앉었냐? 제수씨가 아무리 똑똑혀도 여자는 여자여. 천한 백정 놈도 여자라면 콧방구부터 뀌는 것이 조선 사내놈들이여. 아서라, 속병 앓지 말고 나헌티 딱 맡겨라. 그러면 재산을 팍팍 늘쿼 줄 것잉게."

작은형의 말은 큰형과 같은 내용이었다. 다른 점이 있다면 큰형이 조심스럽게 말을 돌리는 데 비해 작은형은 아주 노골적이었다.

"말은 고맙지만 내 재산까지 간수하느라 더 욕먹지 말고, 작은형님 재산이나 잘 간수하면서 욕 좀 덜 먹고 살도록 하는 게 좋겠어요."

정도규는 작은형의 들뜬 마음을 단념시키기 위해 그 말을 분명하게 했다.

정도규는 작은형 집을 나와 담장을 따라 걸었다. 화단에 여름

꽃 봉선화가 해맑게 피어 있었다. 빛깔은 화사하면서도 생김은 얌전한 봉선화를 보자 정도규는 문득 어머니 생각이 났다. 어머니가 저세상으로 떠나면서 당부하신 말이 동기간의 화목이었다. 그러나 만석꾼 재산을 놓고 화목은 다 깨져 있었다.

뙤약볕이 내리쬐는 넓은 들녘으로 나선 정도규는 잠시 어디로 갈까 생각했다. 몇몇 떠오르는 얼굴들 가운데 야학을 하고 있는 유승현을 찾아가기로 했다.

서당에서 함께 공부한 유승현은 경성 유학을 가고 싶어 했지만 아버지가 허락하지 않았다. 외아들이라 너무 멀리 보내서는 안 된다는 것이었다. 그는 어쩔 수 없이 전주에서 중학교를 다녔고, 중학교를 졸업하자마자 서당을 차렸다. 그런데 서당규칙이 공포되자 그는 남들처럼 서당 신고서를 내지 않고 서당을 야학으로 바꾸었다.

"서당은 서당이고 야학은 야학잉게. 그놈들이 야학을 잡을라면 야학규칙을 또 새로 만들어야 되제. 허나, 그때 가서 이쪽에서는 또 딴 이름을 만들어 붙이면 된단 말이시. 법이란 것이 머리 써서 피허기로 들면 별것이 아니란 말이여. 하하하하……."

유승현의 여유 넘치는 웃음이 그렇게 통쾌할 수가 없었다.

정도규는 유승현의 그 현명한 대응에 무척 놀랐다. 만약 자신이 서당을 했더라면 그렇게 머리를 쓸 수 있었을지 자신이 서지

않았다.

정도규는 들길을 걸으며 불볕 속에서 일하는 농부들 태반이 소작농이라는 사실을 마음에 새겼다. 가을걷이를 해서 절반을 지주에게 바쳐야 하는 소작농은 자작농보다 두 배의 고통을 당하는 셈이었다. 소작농의 그런 처지를 깨달은 것은 불과 얼마 전의 일이었다.

정도규는 남녀 장승이 나란히 서 있는 곳에서 마을 쪽으로 발길을 돌렸다.

마을 앞 당산나무 아래서는 네댓 사람이 말다툼을 벌이고 있었다.

"아니, 자네가 사람이여? 그런 짓을 저질렀으면 낯짝을 못 들판에 뭐 잘났다고 입을 놀려?"

"아, 내가 뭘 잘못했다고 이려? 내 논 내가 안 찾는다는디."

"고것이 무슨 잡소리여. 모두 힘을 합쳐 땅을 찾기로 혀 놓고 중도에 살짝 왜놈 편으로 돌아서고도 잘못이 없단 말이여?"

다른 목소리의 외침이었다.

"왜놈 편은 무슨 왜놈 편이여? 논 되찾을 가망은 없고, 먹고살기는 해야겠고, 나도 내 논 아까운 줄 알면서 저지른 일잉게 배 놔라 감 놔라 허지 말어."

"참말로 요리 뻔뻔스레 나올 참이여? 자네가 우리 땅 차지헌

왜놈헌티 논 안 찾겄다고 손도장 눌러 주면 우리 일이 어려워진
단 말이여. 거기다가 왜놈헌티 애걸복걸혀서 마름 자리 차지헌
것이 어디 사람이 헐 짓이냔 말이여. 백여시 짓거리고 똥강아지
짓거리제."

또 다른 목소리의 공박이었다.

"뭐, 백여시고 똥강아지? 니 뒤질티여!"

공격을 당하던 남자가 한 남자의 멱살을 잡아챘다.

"오냐, 기다리고 있었다!"

멱살을 잡힌 남자도 잽싸게 상대방의 멱살을 맞잡았다.

"아서, 아서, 이러지 말어."

두 남자가 양쪽에서 뜯어말렸다.

정도규는 당산나무 그늘에서 그들을 지켜보았다.

"저런 놈은 당장 동회를 열어서 동네에서 몰아내야 혀!"

먼저 멱살을 잡혔던 남자가 삿대질까지 해 대며 기세등등하게
외쳤다.

"허! 자다가 봉창 뚜들기고 앉았네. 동회가 힘쓰던 시절은 벌써
지나갔다는 것이나 똑똑히 알고 입 놀리드라고."

일본 지주의 마름이 되었다는 남자가 코웃음을 쳤다.

"뭣이여, 요런 똥물에 튀길 놈아! 제아무리 왜놈 세상이 됐어도
우리 향약은 향약이여."

"그려, 나를 내몰기로 결정해 보드라고. 이장에, 주재소에, 법이 있는디 누구 맘대로 내몰아, 내몰기는!"

그 남자는 오히려 기세를 올리며 침을 뱉었다.

정도규는 문득 당황스러웠다. 동회를 열어 마을에서 쫓아내기로 결정했는데도 막상 벌을 받은 자가 주재소의 힘을 얻어 마을을 떠나지 않겠다고 버티면 어쩔 것인가?

정도규는 동회가 있으나 마나가 되고, 향약이 아무 쓸모없게 된 것을 깨달았다. 그 깨달음과 함께 총독부의 지배가 우리의 생활을 얼마나 속속들이 파괴하고 있는가 하는 사실도 새로이 알아차렸다.

동회는 마을 사람들의 모임이었다. 동네마다 당산나무가 있듯 동회가 없는 마을은 없었다. 동회에서는 서로 힘을 모아야 하는 일부터 질서와 규율에 이르기까지 마을의 모든 일을 논의하고 결정했다.

동네 제사 날짜, 계 모임, 두레와 품앗이 순서, 농로나 수로 보수, 명절놀이 계획, 예절과 풍습, 각종 부조, 남녀 품삯, 구휼 같은 것을 결정해서 마을이 평온하게 유지되도록 했다. 그런 여러 가지 마을 일을 결정하는 기본이 되는 규약이 바로 향약이었다.

누군가 향약을 어기면 동회를 열어 처벌했다. 동네 고랑 치기부터 태형까지 처벌은 엄했다. 그런데 동회에서 내리는 가장 큰 벌이 출향, 바로 마을에서 쫓아내기였다. 그 벌을 받은 사람은 소문 때문에 가까운 마을에서는 살 수가 없어 수백 리 밖으로 떠나야 했다.

술과 노름에 빠진 자, 고자질이나 이간질로 계속 분란을 일으키는 자, 자기 이익을 위해 많은 사람들에게 피해를 입히거나 동네를 욕되게 한 자들이 대개 내몰림을 당했다.

지금 여러 사람에게 공박을 당하고 있는 그 사람은 마땅히 출향감이었다. 그는 자기만 편히 살기 위해 땅을 내주고 일본인 지주의 마름 자리를 따낸 것이었다. 그러나 그가 일본인 지주와 주재소의 보호를 받게 되면 동회의 출향 결정은 아무 소용이 없게 될 판이었다. 이제 총독부의 힘에 실오라기만큼이라도 연결된 자들 앞에서는 동회의 존엄도 향약의 강경함도 한낱 종이호랑이에 불과했다.

정도규의 눈앞에는 아버지가 이끌고는 하던 동회 광경이 선했다. 동회가 열리는 날이면 집 안팎에 팽팽한 긴장이 감돌았고, 새 옷으로 갈아입는 아버지는 딴사람처럼 보이고는 했다. 정도규는 마음 한 곳이 허물어지는 것 같은 기분이었다.

"참말로, 왜놈들 세상이 된 지 10년이 널모렌디, 이러다가 이삼 십 년 그냥 지나가는 것 아닐랑가 몰라?"

"참말이지 이래 갖고는 더 못 살겄는디 무슨 수가 안 날랑가?"

한 남자가 가슴이 무너져 내리듯 한숨을 토해 냈다.

당산나무 그늘을 벗어나는 정도규의 입에서도 가느다란 한숨이 흘러나왔다. 그동안 집에 머무르면서 날마다 보는 게 농토를 빼앗긴 농민들의 뜨거운 원한이었다. 정도규는 부끄러웠다. 학교에서 동무들끼리 독립을 이룰 방법을 논의하고는 했다. 그러나 그건 농토를 빼앗긴 수많은 농민들의 고통에 비하면 너무나 한가로운 얘기였다.

유승현은 집에 있지 않았다.

"주재소에 잡혀가셨구만이라우."

행랑아범이 곧 울 것처럼 말했다.

"주재소에? 어찌 된 일인가?"

"야학에서 뭘 잘못 가르쳤다고……."

"언제 변을 당하셨나?"

"이틀 됐구만이라우."

"이런 참, 어찌 되실지 아는가?"

"문중에서 나섰는디…… 지는 잘 모르겠구만이라."

"왜놈들이 매질 같은 못된 짓은 하지 않는가?"

"야아, 문중에서 원체 세게 나서서 그 짓은 못헌다고 허드만요."

"그나마 다행이로군……."

정도규는 다시 불볕 속으로 나서 주재소를 찾아갔다.

"면회? 당신 누군데?"

주재소장은 사나운 눈초리로 정도규의 위아래를 훑었다.

"예, 오랜 글벗입니다."

"글벗? 그럼 당신도 서당이나 야학 벌여 놓고 있나?"

"아닙니다."

"아니라고? 성명, 주소를 대."

정도규는 무표정하게 이름과 주소를 댔다.

"당신은 왜 서당이나 야학을 안 하지?"

"경성에서 학교를 다녔고, 곧 일본으로 유학을 떠날 겁니다."

"유학? 유학을 안 떠나면 당신도 야학을 벌였겠지?"

"글쎄요, 유학은 오래전부터 생각해 왔던 거니까요."

주재소장은 아니꼽다는 듯 정도규를 다시 노려보았다.

"유승현이란 자가 야학에서 뭘 가르쳤는지 아나?"

"잘 모릅니다."

"그놈은 중형감이야. 면회는 안 돼."

주재소장은 고개를 돌려 버렸다.

정도규는 다시 한 번 사정을 해 볼까 하다가 어금니를 맞물며 돌아섰다.

그는 심한 갈증을 느끼며 불볕 속을 터덕터덕 걸었다. 무더위가 지글거리는 들판은 진펄밭처럼 걷기가 힘들었다. 그는 뜨거운 진펄밭에서 허우적거리는 수많은 사람들을 보고 있었다. 그 속에 오늘 본 농부들도 섞여 있었다.

27

만주의 함성

양치성은 한패를 이룬 등짐장수 두 명과 함께 필녀네 동네를 찾아들었다. 이번이 세 번째 걸음이라 그의 발길은 사뭇 가볍고 마음도 꽤나 느즈러져 있었다.

양치성은 필녀네 집으로 먼저 들어섰다. 저녁밥 때가 되어서 집집마다 연기가 피어오르고 있었다.

"계신게라? 아이고, 시장헌거."

양치성은 마당으로 들어서며 무척 임의로운 척하며 목청을 높였다.

"거기 누구다요?"

낮은 처마 밑으로 연기가 번져 나오는 부엌에서 여자 목소리가 카랑하게 울렸다.

"나요, 얼띠기 장사꾼 양가요."

"뭣이여? 우리 고향 땅 까마구!"

반기는 말과 함께 필녀가 부엌에서 뛰쳐나왔다.

"무고허셨소?"

양치성도 반가워하면서 "새댁은 세월을 거꾸로 먹는가 영판 더 이뻐지고 젊어져 부렀소." 하며 능치고 들었다.

"아이고메, 멀미 날라고 그러요. 얼렁 짐이나 벗고 앉으씨요."

필녀는 달아오른 얼굴로 손을 내저었다.

"동네 사람들은 다 별일 없소?"

양치성은 이런 물음에 불쑥 튀어나올지 모를 어떤 정보를 노리고 있었다.

"야아, 다들 그작저작이제라."

필녀의 대꾸는 심드렁하기 그지없었다.

"옜소, 별것 아닌디 내 맘잉게 새댁 가지씨요."

양치성은 불쑥 손을 내밀었다. 그의 손바닥에는 화투짝만 한 조그만 물건이 놓여 있었다.

"세상에나 요 귀헌 색경을……. 영 비쌀 것인디……."

필녀의 손은 그 앙증맞은 손거울을 곧 집을 듯 말 듯하며 떨고 있었다.

양치성은 동요하는 필녀의 마음을 환히 들여다보며 낚싯줄을 채듯 한마디 던졌다.

"내가 수국이 것만 장만헐 수 있겠소? 그래 하나 더 장만혔소. 요것 수국이헌티 전해 주씨요. 맘에 들랑가 모르겠소."

양치성은 부끄러운 척 말하며 작은 손거울을 하나 더 꺼내 놓았다.

"아이고, 수국이도 아주 좋아라 허겠소. 근디, 요것이 영판 비싸지 않소?"

필녀는 양쪽 손바닥에 하나씩 올려놓은 거울 중에서 더 좋은 것을 고르려는 듯 번갈아 보며 물었다.

"이까짓 것이 비싸면 얼마나 비싸겠소. 사람 맘이 중헌 것이제."

양치성은 더 능청을 떨고 나섰다.

"맞어, 사랑놀이에 나선 판인데 그까짓 잔돈 몇 푼이야 아무것도 아니지."

움펑눈의 남자가 곰방대만 빨고 있기 심심하다는 듯 한마디를 걸쳤다.

"그 수국인가 모란인가 하는 처녀는 만주 땅에 박혀 있기 아까운 미인이야. 그런 처녀 차지할 속셈이면 그보다 몇 십 배 돈을 써도 안 아깝지 뭐요. 내가 이런 빡빡 곰보만 아니었어도 있는 돈 다 털고 한번 나서 보는 건데……."

그 남자는 곰보가 된 얼굴을 벅벅 문질러 대며 아쉬운 듯 혀를 찼다.

"새댁, 요것이 무슨 냄새요?"

양치성은 몸을 일으키며 일부러 소리를 꽥 질렀다. 수국이를 놓고 그런 식으로 지껄여 대는 것이 못내 귀에 거슬렸던 것이다.

"아이고메, 밥이 타네, 밥이!"

필녀는 허겁지겁 부엌으로 뛰었다.

양치성은 수국이를 보는 순간 한눈에 반해 버렸다. 그는 자신의 마음이 휘둘리는 것을 깨닫고 반사적으로 정보 요원의 기본 수칙을 상기했다. 술과 여자를 경계하라.

그러나 수국이를 좋아하는 게 꼭 정보원의 수칙을 위배하는 것은 아니라는 생각도 마음 한구석에 도사리고 있었다. 왜냐하면 수국이를 차지하기만 하면 그 이웃 사람들이 가지고 있는 비밀을 송두리째 밝혀낼 수 있을 것 같았기 때문이다.

압록강 철교를 건너 안동에서 한패를 이룬 두 장사꾼은 길 안내를 겸한 신분 위장용 끄나풀이었다. 경기도 출신인 그들은 압록강 주변 여러 현에 진작 장삿길을 닦아 놓은 포목 장수들이었다. 그들은 끄나풀 노릇을 겸하면서 이런저런 장사 잇속을 챙기고 있었다.

"이 사람? 예, 처조카 사위인데 나를 믿고 만주 땅에서 장사를 해 보겠다고 따라나섰지 뭡니까요. 단골 트는 셈치고 값을 싸게 줄 테니 내 얼굴 봐서 많이들 팔아 주시오."

동네가 바뀔 때마다 움펑눈이 미리 짜 놓은 대로 그럴듯하게 둘러붙였다.

조선 사람들 마을에서는 낯선 장사꾼을 그냥 지나치지 않았다. 하나같이 의심하면서 이것저것 꼬치꼬치 캐고 들었다. 어느 마을에서는 자다가 끌려가 짐 수색에 몸수색을 당하기도 했다.

밤에 나타난 그들은 바로 독립군이었다. 양치성에게는 그런 상황이 목숨이 오락가락하는 위기인 동시에 임무를 수행할 기회이기도 했다. 그가 맡은 임무는 산이 많은 압록강 주변의 여러 현에 흩어져 있는 독립군 조직의 실태 파악이었다.

양치성은 그런 위기를 넘기며 말로만 듣던 만주 땅의 살벌함에 긴장하지 않을 수 없었다. 무엇보다 무서운 것은 만주에서 살아가는 거의 모든 조선 사람들이 단순한 농사꾼이 아니라는 점이었다. 그들이 품고 있는 일본에 대한 적개심은 생각보다 훨씬 더 뜨거웠다. 그 원한이 한 덩어리로 뭉쳐 독립군과 연결되고 있었다.

양치성은 한 달에 한 번 꼴로 압록강을 넘나들며 제법 장사 티가 몸에 붙을 무렵, 필녀네 동네에 발길이 닿게 되었다.

"저 동네가 전라도 사람들 동네요."

움펑눈이 미리 귀띔했다.

"전라도? 전라도 어디요?"

"예, 쌀 많이 나는 김제 그쪽이라지요, 아마……."

"뭐 색다른 건 없소?"

양치성은 혹시 자신을 알아보는 사람이 있을까 신경이 거슬려 그냥 지나치려 했다.

"……아, 이 동네에 대종교 교당이 있어요."

양치성은 그 순간 이 동네에 들르기로 결정했다.

"들어갑시다. 교당 책임자가 누구요?"

양치성은 먼저 걸음을 떼며 심각한 말투로 물었다.

"……김 뭐라고 하는데, 글줄이나 읽은 양반이랍니다."

움펑눈이 어물거렸다.

"뭘 했는지는 몰라요?"

양치성의 목소리가 날카로웠다.

"글줄 읽은 양반이 만주에서 대종교 교당을 하고 있으면 보나마나 의병 하다가 쫓겨 왔거나 뜬구름 잡고 사는 우국지사 나으리겠지요."

곰보딱지의 거침없는 말이었다.

"이보시오, 나를 처조카 사위라고 해서는 안 되겠소. 전라도 사람이 경기도 사람의 처조카 사위라는 게 쉽게 믿어지겠소? 그러니 나는 인천에 있는 상점 점원이었고, 당신네들은 그 상점 단골이었는데, 내가 당신네를 따라나서게 되었다고 바꿉시다."

양치성은 눈을 빛내며 두 사람을 번갈아 바라보았다.

"그야 뭐 어려울 거 있나요."

곰보딱지가 별것 아니라는 듯 헤식게 웃었고, 움펑눈은 느리게 고개를 끄덕거렸다.

그 마을에서도 낯선 양치성을 그냥 보아 넘기지 않았다. 움펑눈은 미리 맞춘 대로 그럴듯하게 말을 해 넘겼다. 그러나 양치성은 그때부터 닦달을 당하기 시작했다.

"집이 전라도 어디여?"

뚝심도 배짱도 세게 생긴 남자가 쏘는 듯한 눈길로 양치성을 바라보며 물었다. 그는 지삼출이었다.

"야아, 전라도 군산이구만이라우."

양치성은 같은 고향 사람이라는 것을 드러내려 전라도 말을 일삼아 진하게 했다.

"군산에도 상점이 많은디 어째서 어린 나이에 먼 인천으로 간 것이제?"

"야아, 아부지는 병으로 세상을 뜨고, 엄니도 앓아누웠는디 동생이 넷이나 있구만이라. 근디 군산에서는 먹여 주기만 하고 돈을 주는 상점이 없는디, 장삿배 타고 댕기는 일가 아저씨가 인천에 돈을 주는 상점이 있다고 데려갔구만요."

"어째서 해필 만주로 나섰제?"

"야아, 고생을 좀 해도 조선 땅보다 낫다고 혀서……."

"그려, 여기 소식 빼다가 헌병대에 밀고혀서 한밑천 톡톡히 잡고 잉!"

"야아? 무슨 말씀을 그리……."

"잔말 말고 저 짐 다 풀어!"

양치성은 예닐곱 명의 남자들에게 에워싸여 등짐을 다 풀어헤쳤다. 그들은 물건만 샅샅이 뒤지는 것이 아니었다. 등짐의 멜빵까지, 천이 겹쳐진 데는 모두 뜯어서 까뒤집었다.

"인제 옷을 홀랑 벗어!"

"야아?"

양치성은 석양빛 속에서 발가숭이가 될 수밖에 없었다. 그들은 다시 옷을 까뒤집기 시작했다.

"미안허게 되았소. 뜯어진 데는 밤새 잘 꿰매 줄 것잉게 걱정 마시오."

그 배짱 세게 생긴 남자는 비로소 존댓말을 했다.

72

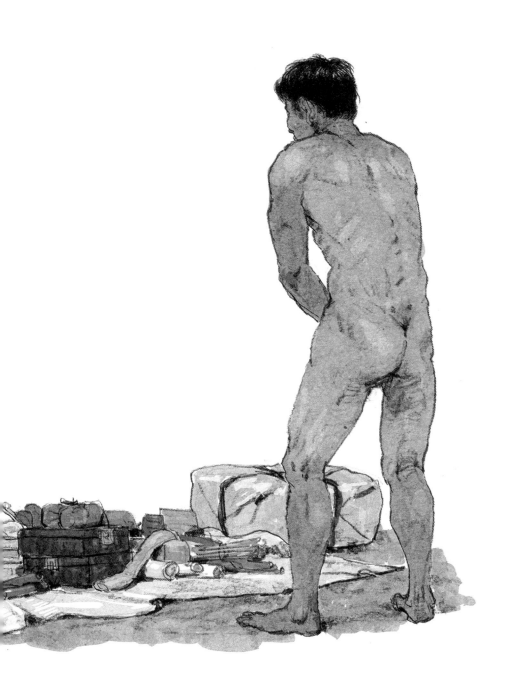

곧 여자 서넛이 뜯어진 옷이며 멜빵을 가지러 왔다. 그런데 그 여자들 중에 머리를 땋아 내린 처녀가 하나 있었다. 양치성은 그 아리따운 처녀를 넋 놓고 바라보았다. 그러면서 자신을 움펑 눈의 처조카 사위라고 하지 않은 것이 이래저래 잘한 일이라고 생각했다.

그날 양치성은 저녁밥을 먹고 나서 장사판을 벌였다. 동네 여자들이 거의 다 몰려들었고 수국이도 그 틈에 섞여 있었다.

"내가 상사병 들게 생겼소."

양치성은 굳이 이 말을 필녀에게 남기고 동네를 떠났다. 거기엔 두 가지 목적이 있었다. 하나는 자기 마음을 수국이에게 자연스럽게 전하는 것이고, 또 하나는 자기가 수국이한테 반했다는 것을 동네 사람들에게 알려 다음부터는 마음 놓고 동네에 드나드는 것이었다.

"수국이헌티는 맘 안 두는 것이 좋겠소. 진작부터 수국이헌티 눈독 들인 훤칠헌 총각이 있응게."

이 마을에 두 번째 들렀을 때 필녀에게 들은 말이었다.

"그 사람이 누구요?"

양치성은 불끈 적의가 솟았다.

"그것이야 알 것 있다요?"

필녀가 냉정하게 담을 쳤다. 이렇게 되면 이야기를 더 이어 나

74

갈 방법이 없었다.

"새댁, 수국이를 좋아허는 사람이 누구요? 나만 살짝 압시다."

양치성은 부엌 안으로 목을 디밀며 불쑥 물었다.

"아이고메, 간 떨어지네!"

작은 거울에 얼굴을 요리조리 비춰 보며 정신을 팔고 있던 필녀가 화들짝 놀라 일어섰다.

"그 사람 이름이 뭐요?"

양치성은 다시 다그쳐 물었다.

"야아, 김시국이오."

필녀는 얼떨결에 입을 열었다.

"뭐 허는 사람이오?"

숨 쉴 틈 없는 양치성의 몰이였다.

순간적으로 필녀의 얼굴에 당황하는 표정이 스쳤다.

"아이고, 그 총각이 뭘 허든 그쪽이 수국이 맘에 들게 잘허면 될 것 아니겄소?"

당황한 표정을 싹 감춘 필녀는 상대방을 되몰면서 생그레 웃기까지 했다.

"그렇기는 허요만……. 그 김시국이가 인물이 잘났소?"

양치성은 오기를 부리듯 물었다.

"그리 애달 것 없소. 김시국이는 환장인디 수국이는 맘에 없어

헌단 말이오."

필녀는 큰 비밀이라도 알려 주는 것처럼 낮은 소리로 말하고는,
"근디 누가 안다요, 열 번 찍어 안 넘어가는 나무 없다고 혔으닝
게." 하며 상대방의 마음을 뒤흔들어 버렸다.

"알겠소, 나도 사내자식인디 누가 이 도령이 되는지 두고 봅시다."

양치성은 불끈 힘을 쓰듯 말하며 돌아섰다. 필녀는 양치성의
뒤꼭지에 대고 혀를 낼름 하며 짓궂은 웃음을 피워 냈다.

한편, 송수익의 지휘 아래 방대근과 김시국 일행 다섯은 블라
디보스토크 근방의 농가에 숨어 있었다. 그들은 총을 구하기 위
해 소만 국경을 넘어 잠입했던 것이다.

작년 11월에 공산주의를 내세우는 소비에트 공화국이 수립되
면서 러시아 왕정은 완전히 무너졌고, 왕정을 지키려는 반혁명 군
대 백군과 혁명전쟁을 치르기 위한 적군을 창설하면서 러시아는
백군과 적군의 전쟁터가 되었다. 그런 상황에서 한 달 전인 7월에
소비에트 공화국 헌법이 공포되고, 그동안 갇혀 있던 황제와 그
가족이 처형을 당했다.

황제가 처형당하자 백군 병사들은 사기가 떨어졌고 탈주병이
늘어났다. 탈주병이 늘면서 암거래되는 총이 많아져 그 값이 싸
졌다. 만주의 독립군들에게는 너무나 좋은 기회였다.

"왜 이리 소식이 없노?"

김시국은 초조한 듯 중얼거리고는, "선생님요, 결국 소비에트 적군하고 미·일·영·불 네 나라 군대하고 싸우게 된 판인데, 소비에트 정부가 잘못한 거 아닌교?" 하며 송수익에게 물었다.

　"글쎄, 그건 지금 판단하기 어려운 문제네. 소비에트 정부가 지난 3월에 독일과 단독강화를 체결한 것은 외국과의 전쟁을 중단해서 국력 소모를 막고, 그 힘으로 혁명을 완수하려는 것이었지. 그런데 미·일·영·불은 소비에트 공산혁명이 완수되어 자기네 나라에 영향이 미치는 걸 원치 않기 때문에 시베리아로 군대를 보냈네. 결국 소비에트 혁명을 방해하는 전쟁이 된 셈인데, 소비에트 정부의 잘잘못은 아직 따지기 이르네. 전쟁은 이제 시작이니까."

　송수익의 신중한 대답이었다.

　"선생님, 만약에 소비에트 혁명이 실패허고, 일본이 이대로 연해주를 차지하면 우리는 영판 불리해지는 것 아니겠능가요?"

　방대근의 얼굴에도 불안이 서려 있었다.

　"글쎄, 그 문제도 지금으로선 예측하기가 어렵네. 한 가지 확실한 것은 러시아 인민들 대다수가 짜르 황제를 거부하고 소비에트 혁명정권을 지지하고 있다는 사실이지. 다시 말해 부패한 왕정은 이미 민심을 잃었고, 새 세상을 바라는 혁명의 열기는 대세가 되었네. 그 민심은 네 나라 군대가 합세한다 해도 막기는 어렵다고 여겨지네."

송수익은 마치 학생들을 가르치는 듯 진지하게 이야기했다.

"미·영·불 세 나라보다 일본이 걱정입니다. 일본은 네 나라가 협정한 것보다 여섯 배나 많은 병력을 투입했다니 말입니다. 왜놈들은 십사오 년 전에 러시아를 이기기도 했는데요……."

다른 젊은이의 질문이었다.

"으음…… 옳은 말이네. 왜놈들은 1만 2천 명을 출병시키기로 협정을 체결해 놓고, 제 놈들 마음대로 7만 3천 명을 출병시켜 협정을 파기했지. 바로 이번 기회에 시베리아를 차지하려는 침략 술책이네. 그걸 러시아 인민들이 보고만 있겠는가? 혁명의 선봉에 선 적군의 사기나, 새 세상을 원하는 인민들의 열기를 볼 때, 일본의 시베리아 출병은 펄펄 끓는 가마솥에 잘못 뛰어든 여우 꼴이야. 내 말이 맞나 틀리나 좀 더 두고 보세나."

송수익은 담담하게 말을 맺었다.

그때 밖에서 인기척이 들렸다.

"김 선생, 접니다. 권대진이……."

"아 예, 어서 드시지요."

송수익이 자리를 차고 일어섰다. 그의 가명이 김동수였다.

"오래 기다리셨지요. 늦어서 죄송합니다."

권대진이 방 안으로 들어서며 예를 갖추었다. 그 뒤에 두 남자가 따라 들어왔다. 방대근 또래인 젊은 두 남자는 둘러선 사람들에게 목례를 했다.

"먼저 인사부터 나누는 게 순서겠군요. 아까 말했던 김 선생이
시오. 김 선생, 이 젊은이들은 얼마 전 신한촌에서 결성한 한인청
년단 간부들입니다."

권대진이 양쪽을 소개했다.

"노고가 많으십니다. 윤철훈이라고 합니다."

"뵙게 되어 영광입니다. 조강섭입니다."

"반갑소. 얼마나 수고가 많소."

송수익은 두 젊은이를 차례로 눈여겨보며 악수를 나누었다.

"자, 젊은 동지들끼리도 인사를 나누시오. 서로 말이 잘 통할
거요."

권대진이 양쪽 젊은이들을 둘러보며 밝은 웃음을 지었다.

그들은 돌아가면서 통성명을 하고 힘찬 악수를 나누었다.

"김 선생, 일이 참 난처하게 됐습니다. 백방으로 암거래상을 찾
았지만 겨우 스무 자루밖에 채우지 못했습니다."

"아 예, 수고하셨습니다."

"수고라니요. 예정의 반의반도 못 채웠으니 면목이 없습니다. 워
낙 형편이 나빠져서……. 왜놈들이 연해주를 점령하자마자 암거
래상을 검거하는 바람에 모든 암거래상이 장사를 중단했습니다.
게다가 소비에트 정부에서는 인민 총궐기령을 내려 당 조직과 인

민들에게 일본군에 맞서 싸우라고 지시했습니다. 그러다 보니 총 구하기가 금덩이 구하기만큼이나 어려워졌습니다."

"짐작대로입니다."

송수익은 고개를 끄덕이고는, "인민 총궐기령을 내렸으면 우리 조선 사람들은 어찌하는 겁니까?" 하고 궁금한 쪽으로 말머리를 돌렸다.

"당연히 우리도 나서야지요. 일본군은 소비에트 인민들에게나 우리 조선 사람한테나 똑같은 적 아닙니까? 이 사람들이 청년단 을 조직한 것도 일본군과 맞서 싸우기 위해섭니다."

"예, 맞는 말씀입니다. 헌데, 청년단원들은 다 공산당원입니까?"

"아닙니다, 당원 아닌 사람이 더 많습니다. 하지만 앞으로 거의 가 당원이 될 것 같습니다."

"예, 지난 6월에 하바로프스크에서 이동휘 선생이 한인사회당 을 조직했다는 소식을 들었는데, 그럼 그 조직에 속하게 되는 겁 니까?"

"그건 아직 모르겠습니다. 왜냐하면 이동휘 선생보다 앞서서 지난 1월에 이르쿠츠크에서 공산당 한국 지부가 창립되었습니다. 이 두 조직 중에 어떤 조직이 공식적으로 인정될지 더 두고 봐야 하지 않겠습니까?"

"헌데, 이동휘 선생은 언제 그렇게 빨리 공산주의 사상을 소화

해서 당까지 조직하셨는지……."

송수익이 무슨 생각에 잠기며 혼잣말하듯 했다.

"이동휘 선생은 평소에 늘 왜놈들을 쳐 없애고 조선이 독립을 하기 위해서는 살인 강도질만 빼놓고는 모든 방법을 다 써야 한다고 역설하지 않았습니까? 선생께서 한인사회당을 조직한 건 공산주의 사상을 소화해서 그랬을 수도 있고, 독립의 또 한 가지 방법으로 공산주의를 택했을 수도 있고, 그렇지 않겠습니까?"

권대진은 여유롭게 웃음 지었다.

"예, 그럴 수도 있겠습니다."

송수익은 그 폭넓은 말뜻을 헤아리며 권대진을 마주 보고 웃었다.

"서간도 쪽에도 소비에트 바람이 불고 있겠지요?"

"불다 뿐이겠습니까? 그 혁명 바람에 민족자결주의 바람까지 몰아치는 통에 정신이 어지럽기도 하고, 독립의 기회가 온 것 같아 정신을 가다듬기에 바쁩니다."

"예, 그렇군요. 만주 쪽에서는 사회주의보다 민족자결주의에 더 관심이 쏠릴 것 같습니다. 민족자결주의, 그것이 문자 그대로만 시행된다면 우리 조선의 독립도 눈앞에 다가온 것이나 다름없지 않겠습니까?"

"그러면 얼마나 좋겠습니까? 허나 우리 능력이나 힘으로 하는 일이 아니니……."

젊은이들은 송수익과 권대진의 대화에 귀를 기울이고 있었다.

"자, 김 선생님 일행은 곧 뜨셔야 하네. 자네들 하고 싶은 얘기가 있으면 어서 하게."

권대진은 한인청년단 간부 윤철훈과 조강섭에게 말할 기회를 넘겨주었다.

"예……, 지금 일본군은 반혁명군인 백군을 지원하면서 우리 조선 사람들을 회유하고 위협하고 있습니다. 우리 조선 사람이 택할 수 있는 길은 단 하나밖에 없습니다. 적군을 지원하면서 일본군을 치는 빨치산 투쟁을 전개하는 것입니다. 우리가 혁명을 도와야 혁명이 완수되었을 때 소비에트는 식민지 약소민족의 해방 선언에 따라 우리의 독립을 더 적극적으로 돕게 될 것입니다. 그래서 우리는 청년단을 조직했고, 단원 확보에 박차를 가하고 있습니다. 그런데 마침 동지들이 오셨다기에 인사도 드릴 겸 찾아뵌 것입니다."

송수익은 당황스런 감정으로 윤철훈을 바라보았다. 단원이 되어 달라는 그 갑작스러운 제의를 방대근이나 다른 네 명이 어떻게 처리할지 걱정스러웠다.

"예, 동지들과 여기 연해주 동포들의 급박헌 사정 잘 알겠습니다. 허나 우리는 개인이 아니라 조직의 일원입니다. 조직을 나오는 일은 조직의 허락이나 명령 없이는 할 수 없지 않습니까? 이 점 널리 양해해 주시기 바랍니다."

방대근의 담담한 응수였다.

"옳은 말이오. 조직원은 조직의 명령을 절대 따라야 하는 것 아니겠소? 청년단에서는 이 점을 이해하고, 이번에는 이렇게 인연을 맺은 것으로 만족하는 게 좋을 것 같소. 이 인연을 계기로 앞으로 얼마든지 연합작전을 시도할 수 있을 테니 말이오."

권대진이 재빨리 양쪽 입장을 조정하고 나섰다.

"예…… 말씀 듣고 보니 그렇기도 합니다. 저희들 입장만 생각하다 보니 무리한 부탁을 드린 것 같습니다."

윤철훈은 그 의견을 흔쾌히 받아들였다.

"이해해 주시니 고맙습니다. 다음에 서로 협동헐 날이 오기를 바라고 있겠습니다."

방대근이가 웃으면서 화답했다.

송수익은 방대근을 지켜보며 가슴이 뿌듯했다. 그동안 대근이는 몸과 마음의 균형이 잘 잡힌 의연한 장정으로 성장해 있었다. 세월은 무심한 듯하면서도 만주 땅에 수많은 방대근이를 키워 냈고, 연해주 땅에는 또 수많은 윤철훈이를 키워 낸 것이었다. 송수익의 눈앞에는 불현듯 아들 중원이의 모습이 떠올랐다. 중원이도 그렇듯 손색없이 커 가고 있을 것을 믿었다.

"자, 그럼 어두워졌으니 채비하시지요. 물건은 국경 가까이에서 받도록 해 놨습니다."

권대진이 먼저 몸을 일으켰다.

바깥은 어둠이 짙게 차 있었다. 그들은 발소리를 죽이며 재빨리 동네를 빠져나갔다. 권대진은 다음 마을에서 송수익 일행을 안내자와 접선시키고는 그곳을 떠났다.

송수익 일행은 국경 가까이에 있는 외딴집에서 총을 받았다. 암거래상은 뜻밖에도 중국 사람이었다.

"총을 안 팔고 두면 값이 자꾸 오르겠지만 조선 사람들의 애국심에 탄복해서 그냥 내놓는 거요. 이 총으로 일본 놈들 많이 죽이시오."

총을 든 부하 둘을 양쪽에 거느린 암거래상이 껄껄거리며 말했다.

송수익 일행은 무사히 국경을 넘었다. 그러나 송수익은 마음이 무거웠다. 총은 5분의 1밖에 구하지 못했는데 돈은 절반 가까이 써 버린 탓이었다.

왕청현에서 마중 나온 다섯 대원은 미리 정해 둔 조선 사람들 마을에서 기다리고 있었다. 그들은 송수익이 사정을 설명하기도 전에 벌써 사태를 알아차린 눈치였다. 송수익은 그들에게 연해주 형편을 간략하게 설명했다.

"그만큼 구하신 것도 다행입니다. 하얼빈 쪽으로 간 파견대는 아예 빈손으로 돌아왔습니다."

노병갑의 말이었다.

송수익은 그때서야 그들이 실망하지 않은 까닭을 알았다. 송수익은 그 소식에 자신이 오히려 실망하고 있었다.

"무겁지? 어서 벗어."

노병갑이 방대근을 툭 치며 웃었다.

"이, 쌀 열 섬을 졌응게 갈비가 휘네."

방대근이 비틀거리는 시늉을 했다.

"아, 어서 벗으라니까. 나도 쌀 열 섬 지는 맛 좀 보게."

천으로 둘둘 만 총을 방대근은 벗지 않으려 했다. 노병갑을 생각하는 우정의 표시였다.

"여긴 내 구역이고 자넨 객이야. 객이 주인 말을 안 들어!"

노병갑도 지지 않고 눈을 부라렸다.

"허, 협박이네. 알겠구먼이라우, 권장 나으리."

방대근은 더 어쩌지 못하고 노병갑에게 짐을 벗어 주었다.

노병갑이 주인 행세를 할 만도 했다. 그는 벌써 2년이나 북간도의 왕청현에 있는 학교에서 교관으로 근무하고 있었다. 왕청현의 독립운동 조직은 대종교도가 중심이었고, 같은 대종교 조직인 무송현과는 긴밀하게 연결되어 있었다. 그곳 학교에서도 비밀리에

독립군을 양성하기 위해 무송현의 능력 있는 젊은 교관을 보내 달라고 요청했다. 마침 무송현의 독립군에 편성되어 있던 노병갑은 다른 몇 명과 함께 왕청현으로 뽑혀 오게 되었다.

다른 대원들도 짐을 다 바꿔 지고 떠날 채비를 했다.

"곧 날이 샐 것 같은데, 괜찮겠소?"

송수익이 마중 나온 조장에게 물었다.

연해주 땅에서는 일본군을 피해야 했고, 만주 땅에서는 마적이나 밀정의 눈을 피해야 했던 것이다. 특히 마적 떼는 신출귀몰하는 데다 총을 돈보다 더 좋아했다.

"걱정 마이소. 이 근동에는 마적굴이 없심더."

"됐소, 그럼. 어서 떠납시다."

사흘 만에 왕청현에 무사히 도착한 송수익은 대원들을 이틀 동안 쉬게 했다. 그동안 긴장을 한 데다가 갈 길도 너무 멀었다. 앞으로 무송현까지 가자면 안도현을 거치고 화룡현을 지나 점점 험해지는 산길을 타야 했다.

만주 땅의 가을은 짧아 9월로 접어들어 며칠 가을빛이 스치는 것 같더니 와짝 단풍이 들었다. 그 단풍도 며칠이 못 가 낙엽이 지더니 10월의 문턱에서 얼음이 얼었다. 그리고 눈바람이 몰려오는 11월의 만주 땅에 뜻밖의 열풍이 일어났다. 독립지사 39명의 이름으로 '대한독립선언서'가 발표된 것이다. 그 독립선언서는 만주뿐만 아니라 박은식·신채호·김규식을 대표로 중국 전역을, 이동휘·이범윤 등을 대표로 노령 일대를, 박용만·안창호·이승만을 대표로 미주 지역까지 포괄하는 그야말로 범민족적 대한독립선언서였다. 1918년 11월 13일의 그 선언을 사람들은 '무오독립선언'이라고 불렀다.

28

폭풍전야

장면 1 - 상해 신한청년단 모임

여운형: 선언서를 읽은 느낌이 어떻습니까? (등사된 선언서를 들며 사람들을 둘러본다.)

김구: 마침내 독립선언을 만방에 알렸다는 것에 감격해 저는 수십 번을 읽었어요.

장덕수: 예, 대한 독립선언은 시기도 적절하고 내용도 좋습니다. 힘이 솟구칩니다. (두 주먹을 불끈 쥔다.)

조동호: 예, 세계만방에 우리 조선인의 독립 의지를 유감없이 드러냈습니다.

신석우: 그렇습니다. 독립군아 일제히 봉기하라! 독립군은 천지

를 휩쓸라! 이 대목에서 온몸이 떨렸습니다. (얼굴이 상기되어 몸을 부르르 떤다.)

김구: 선언문을 다시 낭독하여 우리 결의를 더 굳세게 하는 것이 어떻습니까?

여운형: 좋은 생각입니다. 김 동지가 낭독하시지요.

김구: (헛기침으로 목을 가다듬고) 우리 대한의 남매 및 세계의 동포여! 우리 대한은 완전한 자주독립을 대대로 전하기 위하여 이민족의 학대와 압박에서 벗어나 대한의 자립을 선포한다. 2천만 형제자매여! 대한의 독립은 하늘의 명명임을 받들고 일체의 못된 굴레에서 벗어나 육탄혈전(肉彈血戰)으로 독립을 완성하자.

일동: (결의에 찬 얼굴로 뜨거운 박수를 친다.)

여운형: 우리는 지난 8월에 신한청년당을 조직했습니다. 헌데 때마침 대한독립선언이 선포되었습니다. 그 선언에 맞추어 우리 당이 해야 할 일을 적극 추진할 때를 맞이했습니다.

장덕수: 옳은 말씀입니다. 선언서를 국내에 배포하는 게 우리가 시급히 해야 할 일이 아닐까 합니다. 만주에서 선포만 하고 국내에 잘 알려지지 않으면 목적을 이룰 수 없기 때문입니다.

신석우: 그 일은 만주의 여러 조직에서 이미 추진하고 있지 않겠습니까?

장덕수: 물론입니다. 허나 선언서 선포와 동시에 국경 수비대는

선언서의 국내 유입을 막으려고 비상사태에 돌입했을 것입니다.

조동호: 맞습니다. 왜놈들이 육로를 차단하면 우리는 해로로 선언문을 반입해 놈들의 허를 찔러야 합니다.

김구: 그것 참 좋은 생각입니다.

신석우: 예, 저도 찬동합니다.

여운형: 그럼 만장일치로 대한독립선언서를 국내에 반입하기로 결정하는 바입니다.

장면 2-미국 워싱턴 국무성 앞

(바람이 불고 눈이 날리고 있다. 두 남자가 서성거리며 국무성 현관으로 눈길을 보내고 있다.)

정한경: 왜 이리 늦어지나. 날씨는 왜 또 이 모양인고? (하늘을 보며 혀를 찬다.)

민찬호: 혹시 일이 잘못되는 것 아닐까요?

정한경: 그럴 리야 없지요. 한인 대표가 파리강화회의에 참석하는 것은 국무성에서도 환영할 일 아니겠소? 우리는 윌슨 대통령 각하가 주창하신 민족자결주의의 열렬한 지지자들이고, 파리강화회의에서 미국과 윌슨 대통령 각하가 주도권을 잡으려면 우리 같은 열렬한 지지자들이 많아야 된다 그 말이오.

민찬호: 예, 일리 있는 말씀입니다. 아, 저기 우남이 나옵니다. (둘

이 현관 쪽으로 뛴다.)

　정한경: 우남, 수고가 많으셨소.

　민찬호: 며칟날 떠나게 됐습니까?

　이승만: ……. (눈발 속을 터덕터덕 걷는다.)

　정한경: 우남, 뭐가 잘못됐습니까?

　민찬호: 출국이 안 되는 거지요?

　이승만: 그렇소, 출국 불허요. (이승만은 계속 걷고, 정한경과 민
찬호는 그의 양쪽으로 붙어 서며 걷는다.)

　정한경: 아니, 우리가 우리 돈으로 배삯 내고 숙박비 내고 회의에 참석하겠다는데 출국 불허라니 말이 되는 소립니까!

　이승만: 나한테 소리치지 마시오. 난 국무성 직원이 아니오. (민찬호가 정한경에게 입을 다물라고 눈짓을 한다.)

　민찬호: 어디 가서 커피라도 한잔하실까요?

　이승만: 그럽시다. (그들은 커피집을 찾아 들어간다.)

　이승만: (커피 한 모금을 마시고 잔을 놓으며) 우리를 한인 대표로 인정할 근거가 없다는 거요. 나라는 없어졌고, 미주 교포는 조

선 민족의 일부일 뿐이니 더 할 말이 없질 않소.

정한경: 우리 형편 다 알면서 그런 생트집이 어디 있습니까? 우리를 파리에 못 가게 하려고 그 사람들이 훼방을 놓는구먼요.

민찬호: 맞습니다. 그런데 왜 국무성에서 우리를 회의에 참석하지 못하게 하는 걸까요?

정한경: 우남, 우리가 미국한테 속고 있는 것 아닙니까? 이래서는 우남이 주장하는 외교독립론에 문제가 생기는 것 아닌가요?

이승만: 너무들 경솔하게 말하지 마시오. 국무성이 우리의 출국을 불허한 건, 우리가 회의에 참석했을 경우 국제 관계에서 복잡한 문제가 발생해 오히려 우리나라에 불리해지기 때문일 것이오. 미국을 의심하지 마시오. 미국을 믿지 않으면 우리 손해지 미국 손해가 아니오.

정한경: 글쎄요…… 미국이 뭐가 아쉬워서 우리 편을 들지…….

민찬호: 동포들한테 뭐라고 해야 할지……. (12월 초순의 워싱턴의 하루가 저물고 있다.)

장면 3 – 동경 유학생회 웅변대회장

(500여 명의 학생들이 강당을 가득 채우고 있다.)

연사 ㄱ: ……학도 여러분! 여러분은 저 소비에트에서 들려오는 식민지 약소민족을 해방해야 한다는 소리를 들었을 것입니다.

미국에서 들려오는 민족자결주의 소식도 들었을 것입니다. 그뿐입니까, 저 만주 벌판에서 들려오는 대한 독립선언도 들었을 것입니다. 이는 우리에게 조국 독립의 날이 가까워졌음을 알리는 것이 아니고 무엇입니까? 또한 우리들에게 조국의 독립을 위하여 자리를 박차고 일어나라는 것이 아니고 무엇입니까? 뜨거운 피를 가진 학도 여러분! 마침내 고대하던 독립의 때가 왔습니다. 우리 다 같이 일어납시다! 우리 다 같이 끓는 피로 총궐기합시다! (책상을 내려친다.)

　학생들: 옳소! 옳소! (박수 소리와 외침들이 뒤엉켜 진동한다.)

　연사 ㄴ: ……학도 여러분, 만주에서 선포한 대한독립선언서는 무엇입니까? 바로 타국 땅에서 오로지 조국의 독립을 위하여 십년을 보낸 독립투사들이 세계만방에 독립을 선포한 것이며, 또한 우리 2천만 동포들에게 결사 투쟁을 촉구하는 것이 아니겠습니까? 그 선언서는 독립투사들의 피맺힌 절규입니다. 그 누가 그 절규를 헛되게 할 수 있겠습니까?

　친애하는 학도 여러분! 우리는 조선의 아들, 대한의 남아입니다. 지금 하늘은 우리에게 빼앗긴 조국을 되찾기 위해 한 몸을 바치라고 명하고 있습니다. 피 끓는 학도 여러분, 우리 모두 떨쳐 일어나 불화살로 날아갑시다, 불총알로 날아갑시다. 찬란하고 영광된 조국의 독립을 위하여! (두 팔을 치뻗어 올린다.)

학생들: 옳소! 옳소! (장내는 다시 박수 소리와 외침으로 들끓는다.)

사회자: 두 연사의 열변 잘 들었습니다. 우리가 무엇을 해야 할지 다 아셨을 줄 믿습니다. 그럼 이제부터는 미국의 윌슨 대통령이 주창한 민족자결주의에 대한 토론을 하겠습니다.

발언 ㄱ: 저는 민족자결주의를 전폭적으로 지지하지만 한 가지 의혹을 제기하지 않을 수 없습니다. 미국이 민족자결주의를 주창한다고 하여 영국, 프랑스, 일본을 비롯한 식민지 지배국들이 과연 민족자결주의를 따르겠습니까? 그 나라들이 따르지 않는다면 우리는 어찌해야 하는 것입니까?

발언 ㄴ: 예, 식민지 지배국들은 자기네 식민지를 잃지 않을 욕심으로 민족자결주의를 거부할 수도 있습니다. 우리는 그런 사태에 대한 대응책을 미리……. (호루라기 소리가 사방에서 날카롭게 울린다.)

학생들: 경찰이다, 경찰! (학생들이 와아 일어서면서 장내가 소란해진다.)

경찰들: 꼼짝 마라, 꼼짝 마! 움직이면 쏜다! 두 손 다 머리에 올려!

학생 ㄱ: 너무 겁먹지 말게. 신입생이니까 아무것도 모른다고 잡아떼면 되네. (빠르게 속삭인다.)

정도규: 아, 예……. (애써 태연한 척한다.)

경찰들: 한 줄로 서라, 한 줄! 이 새끼들, 빨리빨리 걸어!

(총을 휘두르는 경찰들의 고함 속에 학생들이 줄줄이 잡혀가고 있다. 1918년 12월 28일 밤이 깊어 가고 있다.)

장면 4 ─ 하와이 국민군단 훈련소

(밝은 달빛 아래 병사들이 훈련을 받고 있다. 파인애플 나무가 무성한 저편에서 파도 소리가 들려온다. 막사 쪽에서 종소리가 들려온다.)

교관: 수고들 했소. 오늘 훈련은 이만 끝내도록 하겠소.

병사들: 대한 독립 만세! 만세! 만세! (다같이 합창하고 해산한다.)

병사 ㄱ: 교관님, 만주로는 언제 건너가게 됩니까?

교관: 아직 잘 모르겠소. 야간 훈련이 늘어나서 일하기 힘들지 않으시오?

병사 ㄴ: 우리 후보대원들 훈련이야 젊은 정대원들한테 비하면 아무것도 아닌걸요.

병사 ㄷ: 헌데, 우리가 만주로 가더라도 큰일입니다.

교관: 뭐가요?

병사 ㄷ: 만주 독립군들은 신식 장총으로 싸운다는데 우린 목총으로만 훈련을 하고 있으니 큰일이 아닙니까?

교관: 걱정 마시오. 목총으로 착실히 훈련을 받으면 진짜 총도

하루 이틀이면 익힐 수 있으니까요. (친근하게 웃음 짓는다.)

방영근: (지나다가 슬그머니 끼어들며) 교관님도 이 박사님 소문 들으셨제라?

교관: 들었소. 출국 불허는 국무성에서 잘한 조처요. 자기네가 조선 대표는 무슨 놈의 조선 대표요. (노골적으로 감정을 드러낸다.)

방영근: 내 말은 고것이 아니라, 소문을 들어 봉게 미국 대통령이나 민족자결주의를 어찌 믿었느냐, 우리 대표를 회의에 못 가게 헌 것은 그 속에 우리가 모르는 야료가 있다 그런 것인디, 교관님은 어찌 생각하시는가요?

교관: 글쎄요, 나도 그런 말들을 듣기는 했는데……. (어물거린다.)

병사 ㄴ: 그야 미국이 일본 눈치 보느라고 그러는 것 아니오?

병사 ㄱ: 두말하면 잔소리지. 여기 하와이에서도 경찰들이 일본 놈들 눈치는 봐도 조선 사람들 눈치는 안 보잖소. (한숨을 내쉰다.)

방영근: 민족자결주의고 뭐고 우리가 김칫국부터 마신 것이 아닐랑가 모르겠소.

병사 ㄷ: 난 애시당초 민족자결주의라는 말 믿지 않았소. 큰 짐승이 작은 짐승 잡아먹고, 큰 물고기가 작은 물고기 잡아먹고, 지주가 소작인 잡아먹는 빤한 이치대로 큰 나라는 작은 나라를 잡아먹는 것 아니겠소. 헌데 민족자결주의는 그 반대니 영 믿어지지 않는단 말이오. 월슨 대통령이 부처님 가운데 토막도 아닐 건데…….

병사 ㄱ: 그 말 듣고 보니 그렇네. 정말 그리되면 우린 어찌 되는 거요?

병사 ㄴ: 어찌 되긴 뭘 어찌 돼. 거짓 장단에 헛춤 춘 것이지.

교관: 이러지들 마시오. 깊은 속 모르면서 자꾸 헛소문을 내서는 우리한테 좋을 게 없소. 우린 미국하고 윌슨 대통령을 믿고 훈련이나 열성으로 하는 게 상책이오. (분위기를 수습하려 한다.)

남용석: 어째 교관님 말씀이 앞뒤가 안 맞는 것 같은디요. 윌슨 대통령을 믿으면 손 안 대고 코 풀기니 훈련 열성으로 헐 것이 없고, 훈련 열성으로 허는 것이야 윌슨 대통령 못 믿겄다 허는 뜻 아니겄소? 어째, 내 말이 틀렸는게라?

교관: 맞기는 맞소. 헌데 내 말은 혹시라도 실수 없이 단단히 준비해 두자는 것이오.

방영근: 야아, 고것을 다 안게 낮일이 고단혀도 훈련 나오는 것 아니겄능게라. 그저 속 답답형게 허는 말 아닌감요.

장면 5 – 간다쿠의 조선기독교청년회관

학생 ㄱ: 우리가 이렇게 모인 것은 독립선언을 어떻게 실행할지 논의하기 위해섭니다. 여러분께서 좋은 의견을 펼쳐 주시기 바랍니다.

학생 ㄴ : 우리 학도들이 독립선언을 한다는 원칙은 정해졌습니다. 그럼, 그다음으로 중요한 것이 우리 청년 학도들의 참여 범위가 아닐까 합니다. 물론 선언서를 누가 어떻게 쓸 것인가 하는 문제도 중요합니다. 그러나 선언서는 글 잘 쓰는 몇 사람이 합심해서 우리 조선이 꼭 독립을 이룰 수 있도록 잘 쓰면 되겠지요. 그런데 참여 범위의 문제는 아직 막연합니다. 만주의 선언서는 국내외에 사는 우리 조선 사람을 총망라하고 있습니다. 그런데 우리는 청년 학도이므로 그 범위를 명확하게 밝히는 것이 효과적이지 않을까 합니다.

학생 ㄷ : 예, 좋은 말씀입니다. 그런데 발의하신 김에 좀 더 자세하게 그 내용을 밝혀 주시지요.

학생 ㄴ : 예, 그것은 첫째 청년과 학생을 구분할 것이냐 말 것이냐, 둘째 학생으로 제한했을 경우에 국내의 학생들과 연결할 것이냐 말 것이냐, 이상 두 가지입니다.

학생 ㄹ : 예, 청년과 학생을 구분하고, 국내 학생들과 연결을 끊으면, 남는 건 우리 동경 유학생 오륙백 명뿐입니다. 우리 오륙백 명만 독립선언을 한다면 얼마나 허약하며, 또 얼마나 왜놈들의 웃음거리가 되겠습니까? 그리고 더 큰 문제는, 전 민족적으로 독립을 선포한 만주의 대한독립선언서 정신에 위배된다는 사실입니다.

학생 ㄴ: 그럼, 청년과 학생을 구분하지 않고, 학생들 또한 국내 학생들과 유대를 맺자는 것입니까?

학생 ㄹ: 예, 그렇습니다.

학생 ㄴ: 저도 처음부터 그렇게 생각하고 있었습니다만 너무 제 주장을 앞세울 수가 없어 먼저 문제로 제기했던 것입니다.

학생 ㄹ: 독립은 민족 전체의 문제인 만큼 민족의 성원인 국내외 청년과 학생 모두를 넣어야 마땅하다고 생각합니다.

학생 ㅁ: 찬동합니다. 이 안건을 표결에 부쳤으면 합니다.

학생 ㄱ: 예, 이번 거사 참여자의 범위를 국내외 전체 청년과 학생들로 한다, 이 의견에 찬성하시는 분들은…….

일동: (모두 손을 든다.)

학생 ㄱ: 예, 만장일치로 결정되었습니다. 그럼 또 다른 의견 말씀해 주십시오.

(진지하게 회의가 진행되는 가운데 1919년 1월 6일이 저물고 있다.)

장면 6 – 중앙학교의 밤 모임

현상윤: 이것이 바로 동경 유학생 대표가 저에게 맡긴 선언섭니다. (속주머니에서 봉투를 꺼내 책상 위에 조심스럽게 올려놓는다.)

최린: 참 놀라운 일입니다. 청년 학도들이 선언서까지 작성해서 현해탄을 건너오다니……. 아무 결정도 못 내리고 있는 우리 어

른들이 청년들 앞에 차마 고개를 들 수 없는 일입니다.

송진우: 예, 그리됐습니다. 이제부터라도 박차를 가해야 합니다.

최남선: 예, 여러 여건이 알맞게 조성되고 있는데 상감까지 승하하셨으니 민심이 크게 호응할 것입니다.

최린: 맞습니다. 상감의 승하를 애도하는 민심을 애국심으로 돌려 구국 운동에 나서게 해야 합니다. 그러니 어서 민족 대표들을 정해야 하지 않겠습니까?

현상윤: 예, 독립운동의 민족 대표니까 두 가지 조건은 갖추어야 하지 않을까요. 첫째는 친일의 흠 없이 곧아야 하고, 둘째는 동포들이 모두 아는 분이어야 할 것입니다.

김성수: 지조 있고 유명한 분들을 모신다……. 헌데 그런 분들이 어디 흔해야 말이지요.

현상윤: 쉽지는 않습니다만 우선 구한말의 요인을 대상으로 하면 좀 쉬워지지 않을까 합니다.

송진우: 예, 박영효 대감 같은 분이 그 두 가지 조건에 맞는 것 같습니다.

최남선: 한규설 대감이 어떨까 합니다.

김성수: 예, 윤용구 대감도 합당하지 않을까 합니다.

현상윤: 김윤식 대감은 어떤지요.

최린: 윤치호 대감도 올리지요.

김성수: 예, 그 다섯 분이면 민족 대표로 손색이 없지 않나 싶습니다. 다섯이란 수도 모자람도 더함도 없이 마땅하구요.

현상윤: 그런데 선언서 작성을 누구한테 맡길지 걱정입니다.

최린: 걱정이라니요? 희대의 대문장가 육당을 눈앞에 두고 말입니다.

최남선: 아니, 그, 그 무슨 말씀을 그리하십니까. (펄쩍 뛴다.)

현상윤: 이거 참, 결례가 이만저만이 아닙니다.

송진우: 예, 여러 말 할 것이 뭐 있겠습니까? 육당이 짐을 지셔야지요.

최남선: 아닙니다. 그저 작은 생각, 얕은 생각을 옮겨 놓을 때나 어찌 좀 문장에 빛이 날 뿐이지 그 중대한 일을 해내기에 저는 둔필일 뿐입니다.

김성수: 물론 다른 글쓰기와는 다르겠지요. 허나 육당 말고 그 누가 그 막중한 일을 해낼 수 있겠습니까?

최린: 맞는 말씀입니다. 우리 모두 육당을 밀고 받칠 테니 이번에 큰 짐을 지셔야겠소이다. (최린과 모두의 눈길이 육당에게로 쏠린다.)

최남선: 예, 알겠습니다. 어차피 누군가가 맡아야 할 일이니 제가 맡겠습니다. 허나 일을 제대로 해낼 수 있을지 걱정이 태산입니다.

장면 7 - 동경의 2·8독립선언

(조선기독교청년회관에 600여 명의 학생들이 비장한 얼굴로 모여 있다.)

백관수: ……우리는 생존의 권리를 위하여 자유를 위하여 최후의 일인까지 열혈 투쟁할 것이다. ……일본이 만약 우리의 정당한 요구에 응치 않으면 일본에 대하여 영원히 혈전을 선언하겠다. ……우리는 일본 또는 세계 각국이 우리에게 민족자결의 기회를 부여할 것을 요구하며, 만일 그렇게 하지 않는다면 우리는 생존을 위하여 자유행동으로 독립을 이룰 것을 선언한다.

학생들: 와아一. (학생들의 환호성이 거친 파도처럼 일어난다.)

사회자: 본 조선청년독립단의 13명 실행 위원은 민족 대회 소집 청원서, 독립선언서 및 결의문을 작성하여 이를 각국 대사, 공사, 일본 정부의 각 대신, 양원의원, 조선총독부 그리고 각 언론기관에 송달하였음을 보고드립니다. 그럼 끝으로 대한 독립 만세를 삼창하겠습니다. 학도 여러분께서는 모두 일어나셔서 조선청년독립단 대표의 한 사람인 최팔용 동지의 선창에 따라 힘차게 삼창해 주시기 바랍니다.

최팔용: 대한 독립 만세에!

학생들: 대한 독립 만세에에一.

최팔용: 대한 독립 마안세에!

학생들: 대한 독립 마안세에에―.

최팔용: 대한 독립 마안세에에!

학생들: 대한 독립 마안세에에에―.

장면 8 ― 한국 위임통치 청원서 발송

민찬호: 아니, 그, 그런 결정을 내려도 되겠습니까? (겁에 질려 말을 더듬는다.)

정한경: 맞습니다, 그런 중대한 결정은 우리 셋이서 내릴 수 없습니다. (역시 당황해서 어쩔 줄 모른다.)

이승만: 뭐가 걱정이오? 우린 대표요, 대표! (역정을 내며 두 사람을 꼬나본다.)

정한경: 우리야 파리강화회의에 가는 대표였지 우리나라의 위임통치를 결정하는 대표는 아니잖소?

민찬호: 맞아요, 아무래도 이건 월권인 것 같소.

이승만: 아하, 장부들이 어찌 그리 생각이 좁소? 우린 국제적으로 독립운동을 추진하는 대표로 뽑혔지 파리강화회의에만 국한된 대표가 아니오. 아무도 그런 권한 제한을 하지 않았잖소?

민찬호: 그런 일은 없지만, 미국에 우리나라를 위임통치해 달라고 청원서를 낸다는 건…… 그건 독립운동이 아니라 나라를 또 한 번…….

정한경: 그래요, 그건 나라를 또 한 번 팔아넘기는 꼴로 우린 제2의 이완용이 되는 것 아닙니까?

이승만: 어찌 그리들 사리 분별을 못하오? 미국에 위임통치를 해 달라는 건 나라를 팔아넘기는 게 아니라 가장 쉽고 확실하게 나라를 찾는 길이라는 걸 알란 말이오. 이삼십 명이 만주 한구석에서 독립선언서를 발표한다고 나라가 찾아지겠소? 세상은 들은 척도 안 하고, 일본도 까딱하지 않소. 왜 그러겠소? 우리가 실제로 아무 힘이 없기 때문이오. 독립군이라고 해 봐야 만주 땅 여기저기 몇 십 명씩 흩어져 있을 뿐인데, 그걸 가지고 뭘 어쩌자는 거요? 말이 좋아 무장투쟁이지, 일본군은 웃지 않을 수가 없단 말이오. 자, 눈을 크게 뜨고 보시오. 지금은 국제화 시대요. 이 국제화 시대의 도도한 물결 속에서 우리는 나라를 잃고 표류하고 있는 것이오. 이 위급한 상황에서 우리 스스로에게 힘이 없으면 우리를 도와줄 힘센 협력자를 구해야 할 것 아니겠소? 그 힘세고 믿을 만한 협력자가 바로 미국이오. 미국의 힘이 강력한 것이야 말할 필요도 없는 사실이고, 거기다가 윌슨 대통령은 민족자결주의까지 주창하고 있으니 얼마나 믿음직스럽소? 그런 미국에 조선의 위임통치를 간곡히 청원해서 미국이 들어주기만 한다면, 일본은 꼼짝 못하고 조선의 통치권을 미국에 넘겨주게 될 것이오. 조선의 통치권을 넘겨받은 미국은 민족자결주의 원칙에 따라 조선

사람인 우리한테 통치권을 넘겨줄 것이오. 그럼 우리는 독립하는 게 아니냔 말이오?

정한경: 맞습니다. 정말 기막힌 생각이십니다.

민찬호: 허나…… 그 생각은 우리 생각일 뿐이지 어떻게 미국을 우리 뜻대로 하게 한다는 겁니까?

이승만: 그게 바로 외교술이라는 것이오. 이런 국제화 시대에 외교술이란 백만 대군의 힘보다 큰 것이오. 미국이 우리 뜻대로 하도록 내가 외교술을 부릴 테니 두고 보시오.

민찬호: 글쎄요…… 미국이 일본한테서 통치권을 넘겨받아 그걸 우리한테 넘겨주게 되면 그건 미국이 일본을 속인 것이 되는데, 미국이 그렇게 할까요?

정한경: 예, 그도 그렇군요. 미국이 우리보다 일본을 훨씬 더 중하게 여기는 것이야 삼척동자도 아는 사실 아닙니까?

이승만: 왜들 그리 일이 안 되는 쪽으로만 생각하는 거요? 그런 건 다 외교술로 해결될 문제요.

정한경: 윌슨 대통령은 지금 파리강화회의에 가 있으니 그리 서두를 건 없지 않습니까?

이승만: 그게 무슨 소리요? 강화회의에 가 있으니까 더욱 좋은 기회지요. 윌슨 대통령은 지금 강화회의에서 오로지 약소민족들을 위한 민족자결주의만 생각하고 있소. 그 앞에다 한국 위임통

치 청원서를 보내면 그보다 더 효과적인 방법은 없단 말이오.

정한경: 예, 그렇겠습니다. 청원서를 보내는 게 좋겠습니다.

민찬호: 예, 그렇게 하시지요.

이승만: 좋소, 어서 우체국으로 갑시다. 청원서를 발송한 다음에 곧 연합통신에도 보도하도록 해야겠소.

(이승만이 앞장서 커피집을 나간다.)

장면 9 - 모든 운동 세력들의 대연합

최린: 기독교와 천도교가 뜻을 합쳤으니 불교도 곧 합류하게 될 것입니다.

이승훈: 불교 쪽은 언제쯤이나……?

최린: 내일, 24일에 회합이 열립니다.

한용운: 조선 사람으로서 모두가 똘똘 뭉쳐야지요.

최린: 고맙습니다. 불교계까지 뭉쳤으니 힘이 더 커졌습니다. 역시 민족 대표는 유명한 사람을 내세우기보다는 직접 운동에 나서는 사람들로 하는 게 좋겠습니다.

한용운: 예, 그렇게 바꾸는 것이 여러모로 좋겠습니다. 우리가 독립한다는 것은 단순히 국권 회복만이 아니고 나라도 새롭게 세워야 하는 것 아니겠습니까? 그 새 나라는 모두가 평등하고 저마다 존중받는 나라라야 합니다. 그렇게 볼 때 민족 대표는 실제

로 독립운동에 앞장서는 사람들을 중심으로 의암 선생에서 학생 대표까지 아무 차등 없이 함께 나서야 큰 의미가 될 겁니다.

최린: 예, 옳으신 말씀이십니다. 불교유신론을 집필하신 스님답게 세상유신도 과감하십니다.

한용운: 허허허허…… 소승이 원래 처자식이 있는 몸으로 땡초 취급을 당하는 판인데, 그 불교유신론을 짓고 나서 완전히 땡초로 몰리고 말았습니다. 어디 그뿐입니까? 한쪽에서는 친일파로까지 몰고 있으니 참 고마운 일이기도 합니다. 내용을 곡해했건 어쨌건 저의 글을 읽었으니 고맙지 않을 수가 없지요. 저, 선언문은 육당이 쓰고 있다는 게 맞습니까?

최린: 예, 초고는 다 됐습니다.

한용운: 동경 선언문은 춘원이 짓고, 한양 선언문은 육당이 짓고, 조선 2대 천재의 활약이 아주 어울립니다. 육당이 잘 쓰겠지만 인쇄에 들어가기 전에 먼저 돌려 보았으면 합니다.

최린: 당연히 미리 살펴보실 수 있도록 하겠습니다. 대표자들이 만나 전체적인 주장과 입장을 정리하고, 그것이 선언서에 잘 반영되도록 최종 점검을 해야 할 것입니다.

한용운: 여러 사람이 뜻을 모아 최선을 다하면 2천만 동포의 마음을 잘 담아낼 수 있을 것입니다.

(흐린 전등불 빛 아래 인쇄기가 철거덕거리며 돌아가고 있다. 잠을

못 잔 인쇄공들은 자꾸 하품을 하면서도 기계를 지키고 있다. 인쇄기 한쪽 편에서는 청년들이 인쇄물을 세고, 묶고, 싸느라 바쁘다. 몽둥이를 든 청년들이 문 앞을 지키고 있다.)

　중년 남자: 닭이 우는데, 얼마나 남았습니까? (초조하다.)

　인쇄공: 2만 장이 넘었고…… 한 육칠백 장 남았습니다. 곧 끝날 겁니다.

　중년 남자: 날이 밝기 전에 선언서를 다 옮겨야 합니다.

　인쇄공: 아이고, 이렇게 밤을 꼬박 새우기는 생전 첨이네. (입이 찢어져라 하품을 한다.)

　중년 남자: 자, 곧 출발합니다. 빨리빨리 끝내기 바랍니다. (청년들에게 지시한다.)

　다른 인쇄공: 저…… 독립 만세는 학생들만 부르나요?

　중년 남자: 아니오, 조선 사람이면 누구나 부르는 것이오. 아니, 사람들이 많이 나설수록 좋지요. (인쇄공의 어깨를 힘주어 잡는다.)

29

폭발하는 화산

"대한 독립 만세에!"

"대한 독립 만세에에……."

종로 거리는 온통 사람들로 넘쳤다. 대열 앞에서 일어난 만세 소리는 사람의 물결을 따라 파도치며 뒤로 이어졌다.

독립선언문을 낭독하는 동안 그 열기는 탑골공원을 넘쳐흘렀다. 학생들은 곧 탑골공원을 벗어나 시위에 앞장섰고, 만세 대열은 종각 쪽으로 행진했다.

불교학생회원으로 다른 학생들과 함께 대열의 선두에 선 도림은 목이 터지고 가슴이 뻐개지도록 만세를 외쳤다. 학생들은 하나같이 얼굴이 벌겋게 상기되어 있었고, 어떤 학생들은 만세를 부르면서 눈물을 흘렸다.

'아아, 10년 세월이 이렇게 모두를 하나로 만든 것인가……'

도림은 밀려드는 감동에 힘을 얻고 있었다.

도림은 사방을 두리번거렸다. 공허가 어디로 갔는지 보이지 않았다.

"학생들 힘이 무섭구마. 역시 젊은 사람들밖에 믿을 것이 없어."

선언서 낭독이 끝나자 공허가 꿍꿍 힘을 쓰며 한 말이었다. 그러고는 어디론가 모습을 감추었다.

대열을 빠져나온 공허는 종각에서 청계천 쪽으로 돌아 부청으로 걸음을 옮겼다. 부청 앞 광장에도 흰옷을 입은 군중들의 만세판이 벌어져 있었다. 그들은 세상을 떠난 고종의 죽음을 슬퍼해서 흰 갓까지 만들어 쓰고 전국에서 모여든 애도객들이었다. 그들은 고스란히 시위 군중으로 바뀌어 있었다. 그 흰옷의 무리 속에는 검정 옷들이 얼룩무늬처럼 섞여 있었다. 학생이었다. 얼마 되지 않는 학생들은 수많은 문상객들을 시위대로 바꾸어 놓은 것이었다.

공허는 학생들의 그 치밀하고 조직적인 행동에 또 감탄했다. 학생들은 탑골공원에서 이쪽으로 온 게 아니라 이쪽에 따로 배치되어 있다가 만세 시위를 일으킨 것이었다. 학생들은 실질적인 주동자였다.

공허는 광장을 가로질러 대한문 쪽으로 갔다. 대한문 앞에도 만세를 부르는 사람들로 넘치고 있었다. 그들은 고종의 장례를 치르기 위해 각지에서 모여든 유림이었다. 고종의 장례는 이틀 앞으로 다가와 있었고, 그 국장을 기다리는 유림은 10만을 헤아렸다. 지금 광장에 가득한 사람들은 그들 중의 일부였다.

"이렇게 만세를 목 터지게 불러 어쩌자는 건가?"

"이 사람, 자다가 봉창 두들기나? 독립을 찾자는 것 아닌가, 독립!"

"맨손으로 만세를 부른다고 왜놈들이 국권을 내놓겠나? 다 부질없는 짓일세."

"그렇다고 언제까지나 죽은 듯이 있을 수는 없는 일 아닌가? 이렇게라도 나서야지."

"그렇기는 하지만 아무 실속도 없이 불상사만 당할까 봐 걱정이네."

"그러니까 학생들이 경찰에 대항하지 말고 질서를 지키라고 하지 않던가?"

"대항하지 않고 질서를 지키면서 만세를 부르면 왜놈들이 놔둘 것 같은가? 어림없는 소리네. 자꾸 만세를 부르면 결국 왜놈들이 일 저지르지 않겠나?"

"일을 저지르다니, 설마 맨주먹인 사람들한테 칼을 휘두르겠나, 총을 쏘겠나?"

"그 사람 참, 왜놈들 10년을 겪어 보고도 그런 태평스런 소린가?"

공허는 두 사람의 대화에 귀를 기울였다. 그들의 이야기는 어제 자신과 도림이 했던 걱정과 너무나 비슷했다.

도림의 연락을 받고 공허는 부랴부랴 한성으로 왔다. 그러나 평화적으로 독립 만세를 부른다는 게 별로 달갑지 않았다. 이쪽에서 아무리 '평화적'으로 행동한다 해도 왜놈들이 어떻게 나올지 불안하기만 했다.

"우리 불교계도 나섰고 만세 운동은 전국 각지에서 일으켜야 허네. 어서 내려가소."

도림은 공허가 오자마자 독립선언서와 지하신문인 《조선독립신문》을 내놓으며 돌려보내려 했다.

"아무리 다급해도 일에는 순서가 있는 법이지. 기왕 왔으니 한성에서 허는 것을 배워 가야겠구만."

고집을 부려 이틀을 더 머무른 것이 더없이 잘한 일이라고 공허는 생각했다.

'잘헌다! 학생들 잘헌다! 사람이 많은 곳을 어찌 그리도 잘 짚었다냐. 어쨌거나 사람은 가르쳐야 혀.'

학생들은 평소에 사람이 많이 모이는 경성역 쪽에서 또 한 무리의 사람들을 몰아오고 있었다.

"한시가 급하니 오늘 내려가게."

문득 떠오른 도림의 말이었다. 공허는 신명이 꺾이며 무르춤해졌다.

자신도 학생들처럼 어서 돌아가 독립선언서를 등사하고 지하신문을 제작해 만세 운동을 일으켜야 했다.

공허는 경성역으로 발길을 돌렸다. 도림의 말로는 오늘 평양이나 개성에서도 만세 운동이 일어날 거라고 했다. 그렇다면 군산과 전주에서도 하루빨리 만세 운동이 일어나게 해야 했다.

공허는 만세 행렬을 마주 보며 걸었다. 사람들은 너나없이 울부짖듯 만세를 부르고 있었다. 만세 소리를 따라 올렸다 내리는 수많은 팔들이 지어내는 물결 속에 작은 깃발들이 나부꼈다. 지난 10년 동안 눈 씻고 찾아도 볼 수 없던 태극기였다.

공허는 또 가슴이 뭉클했다. 아까 탑골공원에서 처음 태극기를 보았을 때도 가슴이 뭉클했었다. 일일이 손으로 그린 그 태극기를 사람들에게 나눠 준 것도 학생들이었다.

경성역에도 수많은 사람들이 웅성거리고 있었다. 기차를 탈 사람들보다 만세 소식을 듣고 몰려나온 사람들이 더 많은 것 같았다.

공허는 이리역에 내리면서 자기보다 먼저 와 있는 서울 소식에 그저 놀랄 뿐이었다. 그러나 그보다 더욱 놀라운 일이 그의 뒤통

수를 쳤다.

3월 3일, 군산에서 화산이 폭발한 것이다. 공허는 그 난데없음에 놀라 까무러칠 지경이었다. 자신은 독립선언서 천 장을 등사해서 배포하는 중이었고, 빨라야 사나흘 뒤에 거사를 일으키려 계획하고 있었다. 그런데 어떤 조직이 그렇게 신속하게 움직여 만세를 외치고 나섰는지 모를 일이었다.

공허는 서둘러 사람을 군산으로 띄웠다.

"학생들이 앞장서고 부두 짐꾼들이 따라나섰는디, 그 기세가 아주 무섭드만이라. 왜놈들이 살짝만 건드려도 확 불이 붙을 기세든디요."

공허는 이 말을 전해 듣고서야 그 상황을 이해했다. 군산에서도 중심은 학생들이었다.

"대한 독립 만세!"

학생들이 팔을 뻗어 올리며 선창했다.

"대한 독립 만세에에……."

노동자들의 우렁찬 복창이었다. 머릿수건을 질끈 동여맨 노동자들은 학생들보다 한결 기세가 높아 보였다.

그러나 부두 노동자들이 모두 시위에 나선 것은 아니었다. 남아 있는 노동자들은 부두 이곳저곳에서 웅성거리고 있었다. 노동조합에 가입하지 않은 그들은 눈치는 빠르고 배짱은 약한 사람들이었다. 그들은 시위에 나서지 않았지만 일을 하지는 못했다. 노동자들이 절반 넘게 부두를 떠나 버리자 곧바로 작업 중지 명령이 떨어진 것이었다.

쌀 창고를 지키는 척하고 있는 손판석의 마음은 진작 시위대를 따라가 있었다.

"어이 손 샌, 자네는 학생들하고 이 사람들이 미리 내통헌 눈치 못 챘등가?"

가까운 창고의 유 십장이 궁금증을 풀려는 듯 손판석을 찾아 왔다.

"그야 귀신이나 알 일이제 우리 십장들이 짐작이나 허겄어? 그런 중헌 일일수록 우리 모르게 철통겉이 짰을 것인디."

손판석은 태연하게 말했다. 그러나 사실은 한성의 만세 소문이 퍼지기 시작한 그저께부터 이상한 낌새를 눈치채고 있었다.

"그나저나 저 인종들 나서는 것 못 막았다고 그냥 안 넘어갈 것인디?"

"모르겄네, 일이고 뭐고 다 소용없다는 인종들인디 상감인들 막을 수 있겄어?"

손판석의 말은 묘하게 꼬였다.

"어허, 이 사람 배짱 보소. 십장 자리 뺏기면 어쩔랑가?"

"걱정 안 해도 될 것이네. 우리 다 없애면 부두 일이 안 돌아갈 것잉게."

손판석은 오기 부리듯 느릿하게 말했다.

"허긴 쌀이 제때 들고나지 않으면 일본 본토서 난리가 날 것인디."

유 십장은 그제야 안심하는 눈치를 보였다.

"집합, 집합! 십장들 집합!"

호루라기 소리와 함께 퍼지는 일본말 외침이었다.

"무슨 일인고?"

유 십장이 후닥닥 몸을 일으켰다.

"그냥 넘어갈 일은 아닝게……."

뒤이어 손판석이 느리게 일어섰다.

"십장들은 똑똑히 들어라. 지금 길거리에서 만세를 부르는 인부 놈들은 학생들보다 훨씬 더 나쁜 놈들이다. 지금부터 그놈들 명단을 하나도 빠짐없이 작성해서 보고하라. 만약 빠진 자가 있으면 십장들을 문책할 것이다."

일본인 순사가 살벌하게 외쳤다. 그 순사 양쪽으로는 네 명의 부하가 총을 들고 호위하고 있었다. 그 네 명 중에 장칠문이도 섞여 있었다.

"이리 몰아서는 안 되는 법이여."

"그려, 개도 막힌 고샅으로는 안 모는 법 아니드라고?"

십장들은 혀를 차고 쓴 입맛을 다시며 제각기 흩어졌다.

경찰이나 헌병들은 아직 시위대를 막지 않았고, 군산 시가지는 온통 대한 독립 만세의 축제를 이루고 있었다.

공허는 날이 어둑어둑해지면서 활동을 시작했다. 바랑에는 독립선언서가 가득 들어 있었다.

"소문만 무성허고, 스님 오시기만 기다리고 있었구만요."

안재한이 공허를 반겼다.

"예, 독립선언서를 등사허느라고 늦어졌구만요. 갈 데가 많아서 이만……. 사흘 뒤에 또 오겄구만요."

공허는 종이 묶음을 하나 내놓고는 지체 없이 방을 나섰다.

그는 서너 군데를 더 들른 뒤에 신세호의 사랑을 찾아들었다. 자정 무렵이라 막 잠이 들었던 신세호는 부랴부랴 잠자리를 걷었다.

"한성에 다녀왔구만요. 요것이 독립선언문인디요."

공허는 두루마리 한 묶음을 내놓았다.

"예, 선언문은 사위가 지닌 것을 훑어보았구만요."

공허는 곧 전주에서도 시위가 일어날 것이라고 직감했다.

"올 것이 왔는디……. 만세만 불러서 무슨 일이 되겠능가요?"

신세호의 낮은 음성은 무거웠고 얼굴에는 근심이 서려 있었다.

"소승도 그것이 걱정이구만요. 허나, 다른 방도가 없이 벌어진 일잉게……."

공허의 음성은 더 무거웠다.

다음 날 아침, 군산 부두에는 살벌한 기운이 감돌았다. 노동자들과 경찰이 대치하게 된 것이었다.

평소와 다름없이 일을 나온 노동자들을 처음에는 십장들이 가로막았다. 십장들은 어제 명령을 받은 대로 만세를 부른 노동자들을 가려내려 들었다.

"못헐 일 헌 것도 아닌디 이러지 말드라고요."

노동자들은 처음에 어색한 웃음을 지으며 사정조로 나왔다.

"요것은 우리 맘대로 허는 것이 아니여. 위에서 내린 명령이제."

십장들은 거의 이런 식으로 노동자들의 사정을 튕겨 버렸다.

"아니, 무슨 잡소리여!"

뒤쪽에서 누군가가 벌컥 쏘아 질렀다.

"뭐, 뭣이여! 거기 누구여!"

십장이 바락 고함을 질렀다.

"누군지 나서면 어쩔 것이여? 지는 조선 놈 아니여!"

다른 목소리의 야유였다.

"그려, 조선 놈이 아니라 왜놈 아니드라고, 왜놈!"

또 다른 목소리의 희롱이었다.

"저런 놈들 때문에 조선 사람들 골창 빠지는 것이여!"

말이 말을 물고 넘어가면서 분위기가 살벌하게 돌변했다. 말대꾸할 기회를 잃어 버린 십장은 이미 기가 눌려 있었다.

"아, 뭣들 혀! 저런 것 하나 싹 밀어붙이지 못허고."

누군가가 불을 당겼다.

우와아아—.

함성이 일면서 노동자들은 한꺼번에 앞으로 나갔다. 수십 명의 기세 앞에서 십장 하나는 북풍에 날리는 가랑잎이었다. 그 사태를 수습하려고 경찰이 긴급 출동했다.

"어제 만세를 부른 놈들은 모두 철망 밖으로 나가라. 십장들이 다 알고 있으니까 거짓말 말아라. 속인 놈들은 영창에 처넣고 말테다."

경찰의 으름장에 어제 시위에 참가했던 노동자들은 고스란히 철망 밖으로 나설 수밖에 없었다.

300여 명을 헤아리는 그들은 철망 저쪽에서 총을 꼬나 잡은 경찰들에 맞서 웅성거릴 뿐 흩어질 기미를 보이지 않았다.

"너희들한테는 절대 일을 시키지 않는다. 여기 있어 봤자 소용없으니 다들 해산하라!"

경찰 간부가 종이 나팔을 입에 대고 벌써 서너 번째 외치고 있었다. 그러나 한쪽에서 느닷없이 여러 사람들의 외침이 터져 올랐다.

"대한 독립 만세에!"

"해산하라, 해산하라! 명령에 복종하지 않으면 쏜다."

경찰 간부가 발악적으로 소리 질렀다.

"대한 독립 만세에에!"

그러나 경찰 간부의 외침은 노동자들의 함성에 파묻혀 버렸다.

그 시각에 경찰서에서는 긴급 간부 회의가 소집되어 있었다.

"마침내 총독부 경무국에서 명령이 내려왔소. 이제 고종의 장례가 끝났으니 모든 시위를 즉각 해산시킬 것이며, 시위 가담자를 모조리 체포하라는 명령이오."

경찰서장이 간부들을 둘러보았다. 간부들은 모두 긴장한 얼굴로 앉아 있었다.

그들 사이에 앉아 있던 세키야는 문득 보름이를 생각했다. 어젯밤에 목소리가 쉰 것 같으면서 눈길을 피하는 듯한 눈치였다. 시위를 구경 나갔다가 만세를 따라 불렀을 가능성은 얼마든지 있었다.

"초반에 일벌백계로 다스려 시위의 뿌리를 완전히 뽑을 수 있도록 하시오. 됐소. 업무 수행들 하시오."

간부들이 서장실에서 나오자 새로운 소식이 기다리고 있었다.

"또 시위가 벌어졌습니다. 어제하고는 달리 부두에서 노동자들이 먼저 시위를 시작해서 학생들하고 합세를 했답니다."

"어제까지는 참았지만 오늘부터는 무조건 체포한다. 전원 무장을 갖춰라!"

경찰서는 삽시간에 비상 상태로 돌입했다.

시위대는 어제보다 훨씬 더 많았다. 부두 앞길을 떠난 시위대가 본정통 중간쯤에 이르렀을 때였다. 경찰 십여 명이 시위대의 앞을 가로막으며 총을 겨누었다.

"해산하라, 해산! 말을 안 들으면 전부 체포하겠다."

경찰 간부가 시위대에게 외쳤다. 그러나 십여 명의 경찰은 시위대에 비해 보잘것없었다.

"대한 독립 만세에!"

몇몇 사람들의 외침이었다.

"대한 독립 만세에에!"

사람들이 득달같이 복창했다.

따앙!

총소리가 만세 소리를 찢어 댔다. 대열이 순식간에 얼어붙었다.

총소리를 신호로 이 골목 저 골목에 숨어 있던 경찰들이 대열을 토막 내며 뛰어들었다. 몇 토막으로 잘린 대열은 걷잡을 수 없이 허물어졌다.

"바까야로!"

"어이쿠메 나 죽네!"

경찰이 휘두르는 총대에 맞아 사람들은 퍽퍽 나둥그러지고 고꾸라졌다.

딸아이를 업고 구경을 나온 보름이는 그 끔찍스러움에 떠밀려

뒷걸음질을 쳤다. 숨을 헐떡거리며 집 안으로 들어서서야 비로소 안도의 숨을 내뿜었다. 그리고 대문을 닫으려 했다.

"아줌니, 아줌니, 나, 나 좀……."

숨 가쁜 소리와 함께 대문이 왈칵 떠밀렸다. 눈앞에 한 학생이 피를 줄줄 흘리고 서 있었다. 보름이는 학생을 안으로 들여보내고 정신없이 대문을 닫아걸었다.

"세상에…… 세상에……."

울상이 된 보름이는 학생에게 어서 안으로 들어가자고 손짓했다.

"문 열어라, 문!"

그때 일본말 고함과 함께 대문 걷어차는 소리가 요란하게 울렸다.

보름이는 어쩔 줄 몰라 허둥거렸다. 학생은 지체 없이 대문 반대쪽 담 쪽으로 뛰었다.

"거기 서, 거기! 쏜다!"

대문 쪽 담에서 순사가 뛰어내리며 조선말로 외쳤다. 그러나 학생은 멈추지 않고 담에 매달렸다. 마당을 가로지른 순사가 담을 기어오르는 학생의 등짝을 개머리판으로 후려쳤다.

"이 조센징 계집년아, 왜 문을 안 열고 까불어!"

일본 순사가 총대로 보름이를 후려쳤다.

보름이는 머리가 터지는 충격에 휩쓸리며 쿵 나가떨어졌다. 등에 업힌 아이가 진저리 치듯 울음을 터뜨렸다.

"빨리빨리 걸어, 빨리."

보름이는 등을 떠밀렸다. 왼쪽 이마에서 피가 줄줄 흘렀다. 큰길까지 나온 보름이는 두리번거리며 아들 삼봉이를 찾았다. 삼봉이는 아까 자신이 구경을 나설 때 벌써 집에 없었다. 세키야에게 구박을 받으면서도 삼봉이는 고뿔 한번 앓지 않고 잘 자라났다. 세키야는 삼봉이를 학교에 보내 주지 않았다. 어찌나 인정머리가 없는지 제 딸마저 한 번도 안아 본 적이 없었다. 딸만 싫어하는 게 아니었다. 자신을 대하는 마음도 식고 있었다. 보름이는 그것을 오히려 다행스럽게 생각했다.

경찰서에는 잡혀 온 사람들이 너무 많았다. 보름이는 마당 구석으로 가려고 사람들 틈을 비집고 들었다.

경찰과 헌병이 펼친 기습 작전으로 시위대는 산산조각 나고 군산 시내는 평온해져 있었다. 허망하고 싱거운 한판 싸움이었다. 경찰과 헌병은 너무 강했고 시위대는 너무 약했다.

"대한 독립 만세에!"

어둠살이 짙어지면서 어디선가 갑자기 만세 소리가 터져 나왔다. 신사 쪽에서, 부두에서, 역 쪽에서, 도깨비불이 여기저기서 번쩍거리듯 사방팔방에서 울렸다. 날이 어두워지자 경계를 풀고 있던 경찰과 헌병들은 질겁을 했다.

그즈음, 보름이는 머리가 깨지는 것 같은 아픔에 휘둘리며 아이를 업은 채 경찰서 안의 방으로 끌려갔다.

"꼴좋다."

앞에 선 것은 뜻밖에도 세키야였다.

"못된 계집년, 날 속이다니. 빨리 집에 가 있어."

보름이는 허둥지둥 밖으로 나섰다.

아들 삼봉이는 집에 없었다. 보름이는 손판석네 집으로 부랴부랴 달려갔다. 삼봉이는 눈물자국이 범벅인 얼굴로 부안댁네 안방에 쪼그리고 앉아 있었다. 보름이는 아들을 얼싸안으며 눈물을 쏟았다.

한편, 송중원과 이광민 같은 학생들은 군산에서 들려오는 험한 소식에 귀 기울이며 하루라도 빨리 시위를 일으킬 준비를 하고 있었다.

송중원은 어둠에 몸을 숨기며 교회에 도착했다. 회의실은 교회 뒷문 쪽에 있는 목사 사무실이었다. 비좁게 둘러앉은 열 명의 학생들은 무거운 얼굴로 말없이 앉아 있었다.

목사 윌리엄스는 회의 시작 시간인 8시에 나타났다.

"학생들은 내 말을 오해 없이 받아들이기 바랍니다. 여러분이 추진하는 만세 운동을 교회에서는 더 이상 도울 수 없게 되었소. 총독부에서는 이번 만세 운동이 우리 미국 선교사들의 사주로 일어났다고 생각하고 있소. 그들이 내세우는 증거는 경성, 평양,

정주의 기독교 신자들이 대대적으로 만세 운동에 나섰을 뿐만 아니라, 군산에서도 크리스천 학교 학생들이 주동이 되었다는 사실이오. 경성이나 평양에서는 일본 경찰이 미국 선교사들의 집을 수색하거나 경찰서로 불러 심문하는 일까지 벌어졌소. 미국과 일본의 심각한 외교 문제가 된 것이오. 그 때문에 우리는 더 이상 여러분을 도울 수 없게 되었다 그 말이오."

10년 넘게 조선 땅에서 살아온 선교사답게 윌리엄스의 조선말은 막힘이 없었다.

학생들은 침통한 얼굴이 되어 아무도 입을 열지 않았다.

"오늘 회의는 해도 되겠지요?"

대표격인 이광민이 물었다.

"오늘부터 안 된다고 하지 않았소?"

윌리엄스의 싸늘한 대꾸였다.

학생들은 어이없는 얼굴로 서로를 바라보았다.

"갑시다, 공동묘지로. 거기야 순사 놈이나 헌병 놈들이 얼씬도 못허닝게."

이광민이 벌떡 일어나며 한 말이었다.

"그럽시다. 담력 훈련도 헐 겸 잘되았구만그려."

누군가가 배짱 두둑하고 능글맞은 어른 말투를 흉내 내듯 말했다.

곧바로 사무실을 나선 그들은 둘씩 짝지어 다른 방향으로 사라지기 시작했다. 이광민과 송중원은 마지막으로 교회를 벗어났다.

"참 몰인정허게 내치네. 조선 땅에 와서 선교는 조선 사람들헌티 허고 비위는 왜놈들헌티 맞추고, 요리조리 실속만 채우네."

"그러게 말이여. 아이고 답답해!"

송중원은 가슴을 치며 공동묘지 쪽으로 발걸음을 옮겼다.

공동묘지에는 음산하고 깊은 적막만이 서려 있었다. 어둠에 눈이 익자 그들은 봉분을 등지고 둘러앉았다.

"밤도 늦었는디 어서 의논헙시다."

이광민이 개회를 알렸다.

"윌리엄스가 저리 나오면 등사기를 빌려 쓸 수가 없고, 또 지장 받을 일이 뭐가 있소?"

"태극기 그릴 물감을 못 얻어 쓰는 것뿐이오."

송중원이 얼른 대답했다.

"무슨 수로든 우리 힘으로 해결혀서 정헌 날짜에 만세를 부릅시다."

"맞소, 더 늦어서는 안 되오. 학생들이 다들 애타게 기다리고 있소."

모두 다 단호하게 말했다.

"등사기가 없으면 손으로 쓰면 되니까, 예정헌 날짜에 만세를 부르도록 헙시다."

이광민이 최종적으로 결정을 내렸다.

이틀 뒤, 전주에도 마침내 만세 열풍이 일어났다. 전주에 이어 강경, 강경에 이어 이리에서 일어났고, 전주와 강경에서 동시에 일어나기도 했다. 그런데 학생들이 주도하지 않은 시위가 김제에서 불이 붙었다. 김제 장날 장터가 그대로 시위장이 되어 버렸던 것이다.

김제장의 군중들이 만세 시위를 시작하자 곧 주재소 순사들이 나타났다. 시위대는 사오백 명이었고 순사들은 열서넛이었다. 순사들은 다 총을 들었지만 시위대의 기세 앞에 어딘가 왜소했다.

"해산하라! 거역하면 발사한다!"

주재소장이 칼을 뽑아 들며 날카롭게 외쳤다.

"저놈들 밀어붙여라!"

"왜놈들을 몰아내자!"

이런 외침에 사람들이 와아 함성을 지르며 앞으로 내달았다. 그 서슬에 밀려 순사들이 총을 겨눈 채 뒷걸음질 치기 시작했다.

그런 상황을 멀찍이 떨어진 국밥집에서 한 스님이 지켜보고 있었다.

'그렇제, 더 세게 밀어붙여. 괭이 한 마리가 쥐 백 마리는 못 당허는 법이다. 잘헌다, 잘혀!'

공허는 맨주먹을 말아 쥐며 힘을 쓰고 있었다.

순사들은 계속 뒤로 밀리고, 시위대의 수는 자꾸 불어났다. 공허는 국밥집을 나와 시위대 뒤를 멀찍이서 따라갔다. 사기를 잃은 순사들은 결국 주재소까지 밀리고 말았다.

"대한 독립 만세에에!"

시위 군중들이 주재소를 에워싸고 터뜨린 함성이었다. 그 만세 소리는 순사들과 주재소를 단숨에 휩쓸어 날려버릴 듯 우렁찼다.

공허는 아까부터 시위대에서 한 거렁뱅이 사내를 눈여겨보고 있었다. 장터에는 거지가 한둘이 아닌데 만세를 부른 것은 그 하나였다.

'그놈 참 기특하네!'

그러나 다음 순간 정반대의 생각이 퍼뜩 떠올랐다.

'저것이 왜놈 끄나풀 아닐까!'

해가 저물면서 만세 시위는 저절로 수그러들었다. 공허는 조심스레 그 거지에게 다가갔다.

"만세 부르기도 끝났고 배도 다 꺼졌을 것인디, 배나 채우러 가는 것이 어띠여?"

공허는 부드럽게 웃으며 거지의 얼굴을 살폈다. 때에 전 얼굴이 열대여섯 살쯤 되어 보였다.

"얼랴, 중이면 염불이나 허제 남 배 채울 걱정은 왜 허요? 나도 장타령 한바탕이면 배불리 먹소."

거지는 코웃음을 쳤다.

"내가 니놈 장타령을 무시해서 허는 소리가 아니고 나도 옛적에 동냥질 해 먹은 일이 있고, 쪽박 찬 신세에 만세 부르는 것이 신통해서 좀 보자는 것이다."

이야기를 짧게 끝내려고 공허는 이렇게 말하며 시건방진 거지의 눈을 똑바로 쏘아보았다.

"야아, 스님도 그러셨구만이라……."

거지는 순해진 얼굴로 공허를 올려다보며 고개를 끄덕거렸다.

"가자, 장타령 안 허고도 배불리 먹을 데가 있다."

공허는 빠르게 걷기 시작했다. 거지 사내는 덕지덕지 기운 바지를 추켜올리며 공허의 뒤를 따랐다.

공허는 김제를 벗어났다. 해가 뉘엿뉘엿 지고 있었다.

"스님, 나 안 갈라요. 김제에 볼일도 있는디."

거지 사내의 말이 끝나자마자 공허가 몸을 휙 돌렸다.

"김제서 볼일? 니 왜놈 앞잡이제!"

공허가 순간적으로 사내의 팔을 낚아챘다. 사내가 질겁했다.

"무, 무슨 소리당가요? 왜놈들이 우리 아부지 엄니를 죽였는디요."

사내가 숨 가쁘게 쏟아 놓았다.

"뭣이! 참말이여?"

134

공허는 눈을 부릅떴다.

"하먼이라. 그렇게 내가 요 꼬라지 되았제라. 그려서 만세도 부르고……."

"헌디, 동냥아치가 아무 데나 떠도는 것이제 김제에 무슨 볼일이냐?"

"그것은…… 어려서 헤어진 여동생을 찾을라고……."

그 거지는 여동생 옥녀를 찾아 헤매는 득보였다.

"뭣이라고? 그럼 엄니 아부지는 왜놈 손에 죽고 니는 여동생허고 생이별했다는 것이여?"

"야아……."

고개를 끄덕이는 득보의 눈에 눈물이 번지고 있었다.

"요런 놈의 일이 있능가? 그려, 내가 너무 넘겨짚었다."

공허는 미안쩍어하며 득보의 팔을 놓고는 "가서 여동생 찾도록 혀." 하고 착 가라앉은 목소리로 말했다.

"아니구만요. 어저께허고 오늘 다 찾아봤는디도 없드만이라. 아까 헌 말은 따라가기 싫어서 그런 것이고……."

"니 팔자 사납기가 나허고 별다를 것이 없구나. 니가 엄니 아부지 웬수 갚을 맘을 품고 있냐?"

공허가 득보의 어깨를 어루만지며 측은한 듯 물었다.

"야아, 동생 찾고 웬수도 갚아야제라."

득보의 다부진 대답이었다.

"잘되았다, 나허고 가자."

공허가 득보의 어깨를 다독거렸다.

"중 노릇 허라고라?"

득보가 화들짝 놀라며 뒤로 주춤 물러섰다.

"여동생 찾어야 허는디 산속에 처박어 중을 만들어야 쓰겄냐? 동생도 찾고 부모님 웬수도 갚을 일이 많으니, 가자."

공허는 득보를 깊은 눈길로 바라보았다. 총기 서린 득보의 눈이 함께 갈 뜻을 나타내고 있었다.

득보는 어스름에 잠기는 들을 걸으며 그동안 겪은 이야기를 해 나갔다. 공허는 묵묵히 걷고만 있었다.

"그 밥집 년이 아주 흉악허시."

이야기를 다 들은 공허는 화난 목소리로 불쑥 내뱉고는 "니 그 년을 찾어가 봤냐?" 하고 물었다.

"아니오. 아직 기운이 모자란께 2년 더 있다가 열여덟 살 먹으면 갈랑마요."

"2년이나 참을 것 없다. 그 못된 년을 당장 찾어가자. 그년 목을 내가 비틀 것잉게."

공허는 시원스레 말하며 두 손으로 목 비트는 시늉을 했다.

김제 장터의 시위 소식을 들은 외리의 박건식은 가슴이 설레어 내촌의 김춘배를 찾아갔다.

"아재, 김제 소문 들었제라? 요번에 보니 우리끼리만 나선 것이 잘못됐당게라. 수백 명이 힘으로 밀어붙이니까 총 든 순사 놈들도 꼼짝 못하더란 말이오. 우리도 인제 우리끼리 땅 찾으러 나섰다가 또 당허지 말고 아예 나라를 찾을 일을 꾸미잔 말이오. 나라를 찾으면 땅이야 저절로 찾아지는 것잉게라."

"이, 이치에 딱 들어맞는 공자님 말씀이시. 시방 사람들이 만세 바람을 타고 있응게 일 꾸미기도 아주 좋겠구마. 우리도 장날 들고일어나는 것이 좋지 않겠능가?"

"야아, 지 생각도 그렇구만이라."

"우리 동네는 서당 선상님들이 은근히 사람들 맘에 부싯돌을 치고 있는디, 자네 동네는 어떤가?"

"우리 동네도 마찬가지구만이라. 사람들 모아 놓고 독립선언문을 읽어 준 것도 서당 선생님이신게요."

"그럼 서당 선생님들헌티 상의 드려서 일이 빈틈없이 되도록 허는 것이 좋겠네. 그나저나 요번에 왜놈들을 싹 몰아내야 헐 것인디. 분허고 원통허게 산 것이 벌써 몇 년이여?"

김춘배가 한숨을 내뿜었다.

"야아, 요번에 잘만 허면 왜놈들을 싹 몰아낼 수 있을 것이구만요. 만세 부르는 기세가 사방 천지로 퍼지고 있으니께요."

"그려, 일이 어긋나지 않게 잘 꾸며 보드라고."

두 사람은 서로를 바라보며 강하게 다짐했다.

3월 중순으로 접어들면서 언제 어디서 몇 명이 시위를 했는지 자세히 등사한 전단이 밤사이에 마을마다 뿌려지고는 했다. 그 전단의 아래위에는 구호들이 적혀 있었다.

동포여 일어나라 독립을 찾자

기회가 왔다 강토를 탈환하자

외치자 대한 독립 되찾자 조국 강토

그런 전단을 누가 만들고 뿌리는지 사람들은 알지 못했다. 전단만이 아니라 벽보가 나붙기도 했다. 사람들은 내놓고 이야기는 못해도 그런 일을 청년 학생들이 한다는 것을 다 알고 있었다.

사람들 사이에 '만세꾼'이란 말이 퍼지고 있었다. 밤에 돌팔매질로 주재소나 면사무소의 유리창들이 박살나는가 하면, 전홧줄이 잘려 나가기도 했다. 일본 농부들 집 앞에 똥을 질펀하게 부어 놓기도 했고, 마당에 불붙은 짚단이 떨어지기도 했다. 다 만세꾼들이 하는 일이라고 했다.

만세꾼들이 하는 일은 그것만이 아니었다. 장터를 찾아다니며 시위에 앞장서고, 수십 명씩 떼를 지어 이 마을 저 마을을 돌며 사람들을 시위에 나서게도 했다. 그런가 하면 달 밝은 밤마다 이 산 저 산에서 독립 만세를 외치는 산호를 하기도 했다. 그뿐만이 아니었다. 만세꾼들이 가장 신바람이 나서 하는 일은 봉화 올리기였다. 캄캄한 밤에 이 산 저 산에서 봉화가 너울너울 타올랐다. 농부들은 그 불길을 보고 함성 소리를 들으면 가슴이 두근거리며 집을 뛰쳐나가고 싶은 충동에 휘말렸다. 봉화와 횃불과 산호…… 그것은 갑오년의 농민군과 10여 년 전 의병들의 기세 그대로였다.

득보는 거지 차림 그대로 장터를 떠돌았다. 그러나 이제 거지가 아니라 거지 노릇을 하는 만세꾼이었다.

시위가 거세지면서 많은 사람이 다치고 잡혀 들어갔다. 그러더니 일본에서 새로 군대가 건너올 거라는 불길한 소문이 퍼졌다. 시위가 전국 곳곳에서 일어나자 총독부에서 본국에 군대를 긴급 요청을 했다는 것이었다.

그러나 그 소문을 비웃기라도 하듯 시위는 더욱 불붙어 올랐다. 이미 만세꾼으로 나선 박건식은 서너 사람을 이끌고 장을 찾아다녔다. 박건식과 김춘배가 내촌과 외리에 내통하고 있는 사람들은 스물이 넘었다. 그러나 눈에 띄지 않으려고 서넛씩 나누어 움직였다.

점심때가 지나 쇠전 쪽에서 만세 소리가 터졌다. 그러자 장꾼들이 여기저기서 소리를 지르며 자리를 박차고 일어났다.

장터 옆 큰길로 몰려 나간 장꾼들은 민첩하게 대열을 지었다. 장꾼들의 행동이 민첩한 만큼 순사들도 기민했다. 시위대가 만세를 몇 차례 외치지도 않았는데 순사들이 벌써 앞을 가로막았다.

"해산하라! 해산하지 않으면 모두 죽인다. 이건 협박이 아니라 상부의 명령이다."

주재소장은 정말 사람의 목을 치는 것처럼 긴 니뽄도를 힘차게 휘두르며 외쳤다.

"대한 독립 만세! 대한 독립 만세에!"

시위대원들의 우렁찬 외침이었다. 주재소장의 해산명령에 대한 응답이었다. 그 외침과 함께 시위 대열은 앞으로 나아갔다.

그때 예닐곱 명의 순사가 괴성을 지르며 일제히 칼을 뽑아 들고 시위대를 향해 돌진했다.

시위대 선봉은 미처 피할 겨를도 없이 칼을 맞으며 쓰러졌다. 순식간에 벌어진 일이었다.

"피해, 얼렁 피해!"

박건식은 칼에 맞은 김춘배를 부축하며 미친 듯이 소리쳤다.

"살인이여, 살인!"

사람들은 어지럽게 흩어지며 소리쳤다.

"조센징들 다 죽여라!"

눈에 불을 켠 순사들이 무자비하게 칼을 휘두르며 사람들을 뒤쫓았다.

대열은 삽시간에 무너지고 사람들은 갈팡질팡 뒤엉키고 있었다.

"몽둥이를 찾어, 몽둥이!"

"대장간으로 가자, 대장간!"

그 외침에 사람들은 장작개비며 지겟작대기며 닥치는 대로 집어 들었다. 대장간의 농기구도 순식간에 없어졌다. 몽둥이, 장작개비, 낫, 곡괭이, 쇠스랑, 도끼 따위를 휘두르며 시위 군중들은 순사들을 향해 내달았다.

순사들은 시위대가 무장한 것을 알고 황급히 도망치기 시작했다. 순사들이 쫓기는 것을 본 농민들의 사기는 더욱 뜨거워졌다.

"죽여라, 저놈들 잡아 죽여!"

"와아아―."

농민들 수백 명은 앞다투어 순사들을 뒤쫓았다. 그런데 달아나던 순사들이 갑자기 돌아섰다. 농민들은 그 까닭을 모르고 앞으로만 달렸다. 느닷없이 총소리가 요란하게 울렸다.

농민들은 허겁지겁 사방으로 흩어졌다. 순사들은 도망가는 사람들의 등 뒤에 총을 쏘아 댔다. 사람들이 연이어 고꾸라지고 곤두박질쳤다.

박건식은 정신을 잃은 김춘배를 떠메고 우왕좌왕하다가 어느 곡물상으로 아슬아슬하게 숨어들었다.

"주인장 어른, 의원을 부를 수 없을게라? 피를 너무 쏟는디 이러다 큰 탈 나겠구만요."

박건식은 주인에게 매달렸다.

"시방 저놈들이 저리 난리인디 의원을 부르면 여기 만세꾼 있응게 잡아가라는 꼴 아니겠소? 쬐깨 기둘려야제 어쩌겠소."

우선 피를 막으라며 주인이 수건을 건넸다.

박건식은 애가 타서 온몸이 비비 틀렸다. 상처를 감싼 수건은 금세 피를 흥건하게 머금었다.

"요것 소금물인디 입에 좀 떠 넣어 보시오. 정신이 들지도 모릉게."

주인이 조심스럽게 사발을 내밀었다.

소금물을 조금씩 흘려 넣었다. 소금물이 몇 숟가락 들어가자 김춘배는 입술을 달싹거리며 힘겹게 눈을 떴다.

"내가…… 살아생전에 논밭을 찾을라고…… 혔는디…… 우리 장섭이헌티 논밭 꼭 찾으라고…… 자네…… 우리 식구들 자알, 자알……."

김춘배는 이내 숨이 끊어지고 말았다.

박건식은 밤이 깊어 김춘배를 들것에 들고 길을 나섰다. 곡물상 주인이 사람을 하나 구해 주었던 것이다. 마을로 와서도 김춘배가 죽었다는 것은 표도 내지 못했다.

다음 날 내촌과 외리에 헌병들이 들이닥쳤다.

"아새끼들까지 집에 하나도 남지 말고 다 나와, 다!"

헌병들은 총칼을 휘두르며 사람들을 밖으로 내몰았다. 내촌과 외리 사람들은 모두 야산 자락으로 끌려 나갔다.

"빨리빨리 저쪽으로 둘러서!"

헌병들이 모는 대로 사람들은 산자락에 반원을 그리며 둘러섰다. 그때 마을 쪽에서 세 사람이 걸어왔다.

양쪽 둘은 헌병이었고 가운데 사람은 농사꾼 차림에 검정 천으로 눈을 가리고 있었다. 두 헌병에게 끌려온 그 남자가 풀밭에 멈춰 섰다. 그때 다른 헌병 하나가 미루나무 아래에서 무슨 물건을 끌어왔다. 작두였다. 사람들은 그 순간 그만 질리고 말았다.

"똑똑히 들어라. 이놈은 어제 장터에서 난동을 일으킨 주동자다. 천황 폐하를 욕되게 한 이놈을 사형에 처한다. 너희도 앞으로 불경한 짓을 저지르면 사형을 면치 못할 것이다."

헌병대장이 니뽄도를 획 뽑았다.

헌병 하나가 남자의 눈에서 검정 천을 풀었다. 사람들이 술렁거렸다. 그 남자는 내촌 한 첨지네 늙다리 총각 머슴이었다.

"사혀엉 집행!"

헌병대장이 니뽄도를 내리쳤다.

명령이 떨어지자 총각 머슴의 양쪽 팔을 끼고 있던 두 헌병이 총각 머슴을 잡아끌었다.

"뭣들 해. 박수 쳐, 박수!"

헌병대장이 사람들을 향해 칼을 휘저으며 고함을 질렀다. 그러자 사람들 쪽으로 돌아서서 총을 겨누고 있던 헌병 넷이 개머리판으로 사람들을 갈겨 대며 소리쳤다.

"빨리빨리 박수 쳐!"

사람들은 박수를 치기 시작했다.

두 헌병은 총각 머슴을 작두 옆에 쓰러뜨렸다. 그리고 총각의 머리카락을 작두 쪽으로 사정없이 잡아끌었다.

"박수 더 세게 쳐라! 더 세게!"

헌병 넷이 다시 사람들을 닥치는 대로 후려치며 더 세게 박수를 치게 했다.

총각의 목은 기어이 작두 위에 올려졌다. 다음 순간 작두날이 여지없이 목을 내려쳤다.

헌병들은 시체를 손가락질하며 뭐라고 지껄이고 키들거렸다. 사람들은 꼼짝을 못하고 얼어붙었다.

"앞으로 얼마든지 만세를 불러라. 다 이 꼴을 면치 못할 것이다!"

헌병대장은 사람들에게 이 말을 남기고 돌아섰다.

어제 장터에서 칼이나 총에 부상을 당하고 잡힌 사람들은 모두 그렇게 죽어 갔다.

　며칠이 지나면서 경상도와 충청도에서도 총질을 했다는 소문이 들려왔다. 대구에서는 하루에 100명 가까이 죽었다는 것이었다. 그러나 시위는 줄어들지 않았다.

박건식은 만세꾼 노릇을 집어치웠다. 그것으로는 울분을 삭일 수가 없어서 더 적극적으로 나섰다. 그는 열댓 명을 이끌고 주로 일본인 농가를 기습했다. 짚단에 불을 붙여 그들의 집에 던지는 것이었다.

박건식은 하시모토의 집에도 짚단을 던졌다. 집은 반 가까이 타다 꺼져 못 쓰게 되었고, 자다가 뛰어나오던 하시모토는 다리를 삐어 절룩거렸다. 박건식은 하시모토에게는 두고두고 보복을 할 작정이었다.

그런 식의 야간 기습은 여러 곳에서 일어났다.

친화회장 백종두가 몰매를 맞아 다 죽게 된 것도 야간 기습 때문이었다. 백종두는 친화회의 젊은 건달패를 이끌고 시위 진압에 나섰고, 그날 밤 그는 수건으로 얼굴을 가린 사람들에게 몰매를 맞고 정신을 잃었다. 그는 병원에서 이틀 만에 겨우 정신을 차렸다. 그러나 의사들은 살아날 가망이 없다고 고개를 저었다.

숨이 목에 차오른 그는 입술을 달싹거리며 무슨 말을 하려 했다. 머리맡을 지키고 있던 아들 남일이가 다급하게 제 아버지 입에 귀를 갖다 댔다.

"……그, 그, 그 노옴들…… 애비…… 워어…… 워언수를……."

목에서 가래 끓는 소리가 심해지더니 더는 아무 소리도 들리지 않았다.

"아부지, 아부지!"

백종두는 원수를 갚으라는 말을 다 끝내지 못한 채 숨이 끊어졌다.

4월로 접어들면서 만세 시위는 더 열렬하게 일어났다. 그에 맞서 경찰과 헌병도 더 심하게 총을 쏘았고 공개 처형도 더 빈번히 자행했다. 작두나 칼로 자른 목을 수십 개씩 가마니에 넣고 다니며 장터나 역전에 즐비하게 늘어놓고 구경까지 시켰다.

그들은 주모자들을 찾는 데 혈안이 되어 있었다. 학생들의 시위가 점차 줄어든 것도 그 때문이었다.

"어디로 갈 것이제?"

송중원이 침통하게 물었다.

"국경 수비가 심해져서 만주로 가기는 위험하고 배 타고 상해로 가야제."

이광민이 무겁게 대답했다.

"일행은 몇이여?"

"나꺼정 넷. 니는 어쩔 참이냐?"

"며칠 더 생각해 봐야제……."

"그려, 조심허고. 근디, 독립운동에 뜻을 뒀으면 국내에서는 안 돼야."

"그려…… 가면 소식이나 주소."

"그래야제. 또 만내야 헝게."

이광민과 송중원은 서로의 손을 으스러져라 맞잡았다.

4월 중순으로 넘어가면서 시위는 눈에 띄게 줄었다. 조선총독부의 총칼 앞에 그 불길은 사그라들 수밖에 없었다.

"시위가 줄어드니 저놈들이 남는 병력으로 주모자를 찾는 데 더 열을 올리고 있구만요. 여기는 눈도 많고 아주 위태로운디 어디로 좀……."

신세호는 말끝을 흐리며 근심 어린 눈길로 공허를 바라보았다.

"예, 소승이 산속으로 피신시키는 것이야 어렵지 않은디, 얼마나 피해 있어야 헐지 딱헌 노릇이구만이라."

"한 반년 피해 있으면 잠잠해지지 않겠능가요?"

"그리되면 좋겄습지요. 헌디, 나라 밖으로 뜰 맘은 안 먹던가요?"

"함께 시위하던 동무들이 상해로 뜨는 바람에 사위도 제 춘부장 찾아 만주로 가겄다고 해서 말리느라고 애먹었구만요. 스님이 계셨으면 쉬웠을 것인디……."

신세호는 쓸쓸한 웃음을 지었다.

"송 대장님 뜻이 어떨지 몰라도 잘허셨구만이라."

공허가 고개를 주억거렸다.

"……스님 권유대로 뒷일만 돕고 만세를 안 불러서 살아남기는 혔는디……. 그간에 잘허지도 못허는 술만 늘었구만요."

신세호는 한숨을 쉬고는, "앞일이 어찌 되겠능가요?" 하고 근심 스러운 눈길로 공허를 바라보았다.

"……요번 일이 10년 분통이 터진 것이기는 헌디, 애초에 이리 끝나게 되어 있었구만요. 백성들이 방방곡곡에서 용맹스럽게 잘들 일어났는디, 다른 준비는 하나도 없었구만요. 민족 대표들은 만세만 불러 우리에게 독립헐 뜻이 있다는 것을 만방에 알리자는 생각이었으니 준비헌 것이라야 독립선언문, 그것 하나 아닝게라? 읍·면까지 연락을 착착 취할 조직망도 없고, 왜놈들 총칼에 맞설 무기도 없었구만요. 허나 지독헌 감시에 제멋대로 총칼 휘두르는 왜놈들 세상에서 그런 준비는 애당초 꿈도 꿀 수 없는 일이니 누구 잘못이라고 헐 수도 없구만이라. 한성에서 처음 만세가 일어날 때 걱정한 것이 그대로 들어맞어 부렀구만이라. 허나 세상 살이에 공밥은 없는 법이고, 헛일도 없는 법잉게 피 흘리고 죽은 만치 앞날의 밑천이 안 되겠능가요? 새로 힘을 내고 살아야제라."

공허는 두 주먹을 쥐며 신세호를 바라보았다.

한편, 열흘 넘게 도망 다니던 박건식은 어둠을 타고 뒷동산으로 숨어들었다. 누군가의 밀고로 야간 활동이 경찰에 알려지고 말았던 것이다. 죽음을 피해 동네를 뜰 수밖에 없었다. 그래서 남상명에게 몰래 사람을 보내 식구들을 데리고 나오게 했던 것이다.

어둠 속에서 인기척이 들렸다.

"아재, 아재, 여기요, 여기."

박건식은 부리나케 어둠을 헤쳤다. 식구들을 일일이 확인하며 그는 아들을 얼싸안았다.

"가면 어디로 가는 것이여?"

남상명의 목이 메었다.

"군산은 너무 가깝고 목포로 갈랑마요. 자식을 가르쳐야 헝께요."

"그려, 사람은 가르쳐야 사람이제."

"땅 찾는 일 잘허시요 이."

"그려, 걱정 말고 종종 소식이나 보내. 기왕 갈 길이니 어여 가, 어여."

30

무장투쟁의 대열

통화 시가지 마차역에서 열 명 남짓한 청년들이 서로 뒤엉켜 패싸움을 벌이고 있었다. 구경꾼들이 금방 그들을 에워쌌다. 싸우는 청년들이 조선 사람인 것은 옷에서 바로 표가 났다.

지삼출은 한쪽에 서서 느긋하게 웃고 있었다. 싸움은 이미 대근이네가 판세를 휘어잡고 있었다.

싸움이 길어지면서 얻어맞고 쓰러져 일어나지 못하는 탈락자가 하나둘 생겨났다.

"어허, 인제 그만들 혀, 더 허다가는 몸들 상허고, 뙤국 놈들 앞에서 우세스런 일잉게. 좋은 기운들 딴 데 써야 헐 것 아니라고?"

지삼출은 컬컬한 소리로 외치며 젊은이들 사이로 파고들었다.

주먹을 날리려던 방대근이 주춤 멈추었다. 다른 청년들도 잇따라 싸울 태세를 풀었다.

"다들 정신 차리시오. 젊은 사람들이 무슨 헐 일이 없어서 이 만주 땅까지 와서 보황이오, 보황이! 중국과 아라사 황제는 나라를 뺏긴 잘못을 저지르지 않고도 궁에서 내쫓기고 죽고 혔소. 근디 우리나라 황제는 나라를 뺏긴 큰 죄를 지었는데도 또 떠받들자니, 그것이 말이나 되는 소리요?"

방대근의 자신감 넘치는 말이었다.

상대방 청년들은 얻어맞은 데를 매만지고 옷을 털고 하면서 어물어물 눈치를 볼 뿐이었다.

"낼부터는 여기 안 나오도록 혀!"

지삼출이 그들에게 못 박듯 말했다.

그들은 대답을 하는 둥 마는 둥 슬금슬금 돌아섰다.

"니 총만 잘 쏘는 줄 알았더니 쌈도 아주 잘허는디?"

지삼출이 방대근에게 말했다.

그리고 한자리에 모여 있는 젊은이들에게로 발길을 옮겼다. 여관 모퉁이에는 압록강을 건너온 열댓 명의 젊은이들이 긴장한 모습으로 모여 있었다.

"쌈 구경들 잘 혔소?"

지삼출이 젊은이들에게 환한 웃음을 보내며 물었다.

그들은 쭈뼛거릴 뿐 아무 대답도 하지 못했다.

"오늘 쌈은 예사 쌈이 아니오."

지삼출은 여전히 정답게 웃고 있었다.

예사 싸움이 아니라는 말은 아까 그 상대들이 대한독립단 단원들이라는 뜻이었다. 대한독립단에서도 압록강을 건너오는 청년들을 맞이하기 위해 며칠 전부터 마차역에 단원들을 배치했다. 그들은 만세 시위를 주동하다가 피신해 오거나, 만세 운동을 보고 독립 투쟁을 하려고 집을 떠나온 젊은이들이었다. 그들은 압록강을 건너면 당연히 독립운동 단체부터 찾았다.

그동안 신흥학교를 운영하며 독립군으로 길러 온 부민단에서는 한인 지도자들을 폭넓게 결속해 새로운 독립운동 단체를 결성했다. 그것이 유하현 삼원보에 본부를 둔 군정부였다. 군정부에서는 자치단체로 한족회를 조직하고, 신흥학교를 신흥무관학교로 바꾸었다. 독립 투쟁의 뜻을 품은 젊은이들을 더 많이 맞아들여 본격적으로 독립군을 키워 내기 위해서였다.

군정부에서는 압록강을 넘어오는 젊은이들을 통화로 보냈고, 통화 마차역에는 그들을 맞을 단원들을 배치했다. 그런데 대한독립단에서도 단원들이 나오게 되면서 시비가 잦아지다가 마침내 싸움판이 벌어진 것이었다.

"저, 아까 그분들도 독립운동 단체에서 나온 것 같은데, 같은 독립운동 단체끼리 싸워서야 되겠습니까?"

교복에 모자까지 반듯하게 쓴 학생이 또렷한 목소리로 말했다.

"예, 맞구만요. 허나 독립 단체라도 다 같지 않다는 것을 명백히 알아야 허는구만요. 시방 독립운동 단체들은 서로 다른 두 가지 주장을 내세우고 있는디, 보황주의허고 공화주의로구만요. 보황주의는 나라의 주인은 임금이니 독립운동도 임금을 다시 받들기 위해 해야 헌다는 것이고, 공화주의는 나라의 주인은 백성이니 독립운동도 온 백성의 뜻을 받드는 나라를 세우기 위해 해야 헌다는 것이오. 우리 군정부는 공화주의를 내세우는 것이고, 아까 그 대한독립단은 보황주의를 내세워 여러분을 끌어가려는 것이구만요. 그러니 쌈이 안 나겠소?"

차분하게 말을 마친 방대근이 젊은이들을 둘러보았다.

거의가 고개를 끄덕이거나 옳다고 생각하는 얼굴들이었다.

한편, 양치성은 봉천의 비밀 장소에서 회의에 참석하고 있었다. 회의장을 채운 20여 명은 모두 서간도 일대를 더듬고 다니는 조선인 정보원들이었다.

"전국에 걸쳐 발생한 만세 폭동으로 조선총독부가 입은 피해는 이만저만이 아니오. 하지만 폭동은 진압되었고, 지금 우리가 주목해야 할 일이 무엇인지 아시오!"

단상에 선 사복 차림의 일본 남자가 카랑카랑한 목소리를 높였다.

"바로 이곳 만주에 젊은 놈들이 많이 몰려드는 것과 폭도 단체가 많이 생겨나는 것이오. 지금 조센징들은 만주에서 무장 세력을 모아 새로운 폭동을 일으키려 하고 있소. 따라서 여러분은 다음 지시를 똑똑히 명심하시오. 첫째 자기가 맡은 지역에 새로 생기는 폭도 단체를 신속히 파악할 것, 둘째 그 단체의 내부 조직을 샅샅이 알아낼 것, 셋째 무장 실태를 자세히 조사할 것, 이상이오. 이번 임무가 끝나면 기밀 유지를 위해 여러분을 북간도 요원과 대폭 맞바꿀 것이오. 그러니 처치할 놈들은 이번에 과감히 없애도록 하시오. 이번 임무의 성과에 따라 여러분을 고향 가까운 경찰서로 발령할 수도 있소. 여러분들의 출세는 여러분 손에 달렸다는 것 잊지 마시오."

그 남자는 말을 마치며 요원들을 차가운 눈초리로 쏘아보았다.

양치성은 회의실을 나오며 불안에 빠졌다.

'북간도 요원과 맞바꾼다……?'

그의 눈앞에 수국이의 모습이 어릿거렸다. 위험한 만주 땅을 벗어나 고향 가까이 가는 것도 좋고, 출세하는 것도 좋았다. 그러나 수국이가 없다면 그것은 반쪽일 뿐이었다. 더구나 고향 가까이 가기는커녕 북간도로 가게 된다면……. 허망하고 또 허망할 일이었다. 그동안 수국이의 마음을 사려고 공을 들일 만큼 들였다. 그러나 수국이는 눈썹 하나 까딱하지 않는 돌덩어리였다.

다만 한 가지 알아낸 것은 김시국이 자신 못지않게 수국이에게 홀려 있다는 것이었다. 그렇다고 수국이가 김시국에게 마음을 주는 것도 아니었다.

양치성은 어떡하든 북간도로 밀려가서는 안 된다고 마음을 다졌다.

그 무렵, 수국이는 아주 어려운 처지에 빠져 있었다. 지주 추가의 아들이 수국이를 첩으로 들어앉히려고 어떻게 피할 도리가 없이 몰아대고 있었던 것이다. 추가의 아들은 자식까지 있는 30대 중반의 남자였다.

추가의 아들은 사흘거리로 사람을 보내왔다. 말을 듣지 않으면 소작을 뺏어 버리겠다는 위협 앞에서 수국이도 주위 사람들도 고심하지 않을 수 없었다.

그 일도 송수익이 나설 수밖에 없었다.

"미안하게 됐소. 그 처자는 진작 정혼한 총각이 있소이다."

송수익은 점잖게 방어했다.

"정혼이야 깨면 될 거 아니오? 다들 편히 살려면 받아들여야 할 것이오."

마름이 남기고 간 말이었다.

송수익은 깊은 시름에 빠졌다. 사방 수백 리가 추가의 땅이니 어디로 옮겨 갈 수도 없었다.

이렇게 되자 김시국이 적극적으로 혼인을 들고 나왔다. 혼인을 해서 북간도 쪽으로 가자는 것이었다. 감골댁은 그 말을 받아들이려 했지만 수국이는 싸늘하게 고개를 돌려 버렸다.

"대근아, 우리가 여기를 뜨자. 골백번 생각혀 봤는디 그것이 니 누나 살리는 길이고 이웃을 살리는 길이다."

깊은 밤에 감골댁이 아들을 앉혀 놓고 어렵사리 꺼낸 말이었다.

방대근은 한동안 방바닥만 내려다보고 있다가 입을 열었다.

"엄니만 괜찮다면 뜨겄구만이라."

방대근은 어머니 마음을 편하게 하려고 힘 넘치게 말했다.

"그래, 정의단에서 자네 같은 군관을 얼마나 반기겠나? 우리 군정부와 그쪽 정의단은 긴밀히 통하고 있고, 정의단에 신흥학교 출신 자네 동무들도 꽤 있지 않나? 가서 잘하게나."

송수익이 소개장을 써 주며 한 말이었다.

이튿날 새벽 방대근이네 세 식구는 집을 나섰다. 떠나는 김에 김시국이도 떼어 낼 생각이었다. 송수익의 말에 따라 지삼출이 혼자 배웅을 나섰다. 다른 사람들은 이별을 하면서도 말조차 크게 하지 못했다.

뒤늦게 그 사실을 안 추가네 마름은 수국이가 어디로 갔는지 말하라며 동네 사람들을 찾아다니며 으름장을 놓았다. 그러나 사람들은 멀뚱한 얼굴로 고개를 저을 뿐이었다. 수국이가 떠나는 바람에 환장을 한 사람은 따로 있었다. 김시국이었다.

방대근은 마차를 갈아타 가며 나흘 만에 왕청현에 있는 대한정의단 본부에 닿았다. 대종교도들이 일으킨 단체답게 정의단은 시교당과 나란히 붙어 있었다.

방대근은 생각보다 환대를 받았다. 송수익 선생의 소개장 덕이겠거니 했는데, 노병갑을 만나 그 까닭을 알게 되었다.

"여기는 강한 독립군 부대를 갖추려고 마음이 급하네. 그동안 우리 대종교가 여기 북간도의 독립운동을 주도해 왔고 새로 대한정의단까지 만들었으니 막강한 독립군을 만들자는 거지. 다시 말해 대한국민회에 뒤져서는 안 된다는 생각이야. 대한국민회는 야소교 사람들이 만든 단첸데, 우리 정의단 다음으로 규모가 클 거야."

"야소교? 거기는 군대가 있능가?"

"아직 없어. 허나 곧 갖추게 될 거라는 소문이야."

"근디, 여기 북간도는 독립운동 단체가 몇 개나 되제?"

"한 열댓 개 될 거야. 만세 운동이 일어난 뒤로 부쩍 더 생겨났지."

"서간도도 그런디, 만세 바람이 무섭기는 무섭네."

그제야 방대근은 자신이 환대받은 이유를 알았다.

감골댁과 수국이는 시교당의 부엌일을 맡게 되었다. 대한정의

단이 활발하게 움직이면서 손님이 자꾸 많아져 일손을 늘린 것이었다.

"세상에 이리 고마울 데가 어디 있다냐? 그까짓 부엌일 허면서 얻어만 먹어도 뭐헌디, 집 주고 돈까지 주니 요런 인심이 어디 또 있겠냐? 농사일 면허고 편히 살게 된 것이 꿈만 겉으다."

감골댁이 눈물을 글썽이며 아들에게 한 말이었다.

"어디 엄니허고 내가 허는 일 보고 집 주고 돈 주었소? 대근이가 하는 일이 크니 그러는 것이제라."

수국이가 어느 때 없이 밝은 얼굴로 대근이를 보며 생긋 웃었다.

방대근은 일이 그렇게 풀린 것이 무척 기뻤다. 이제 어머니도 소작 농사에 시달릴 나이는 아니었다.

방대근은 군자금을 모금하는 모연대에서 바쁜 나날을 보냈다. 모연대가 활동을 잘해야 독립군을 본격적으로 양성할 사관연성소도 빨리 설치하고 부대도 제대로 갖출 수 있었다.

모금은 동포들에게 하되 기독교인은 빼놓았다. 대한국민회 쪽에서도 모금을 하고 있으므로 이중 부담을 지우지 않기 위해서였다. 여러 단체들이 모금에 나서는 바람에 동포들은 이중 삼중으로 시달리는 형편이었다.

그런데 연해주에서 옮겨 온 대한독립군과 대한국민회가 연합했다는 뜻밖의 소식이 들려왔다. 대한독립군은 바로 홍범도 부대

162

였다. 방대근은 자기네 대한정의단과 홍범도 부대가 연합하지 못한 것이 안타까웠다. 말로만 듣던 홍범도 부대가 가까이 왔는데도 그 부대원이 될 수 없었기 때문이다.

"대한독립군은 싸우는 부대니까 뒤에서 지원해 주는 것이 필요하고, 대한국민회는 앞에 내세울 독립군 부대가 필요하고, 그러다 보니 서로 궁합이 잘 들어맞은 거지."

노병갑은 별다른 느낌 없이 말했다.

"그야 나도 아는디, 어째서 우리 정의단은 대한독립군허고 손을 못 잡았냐 그것이여?"

방대근의 말에 짜증이 섞였다.

그때 방대근이 앞에 불청객이 나타났다. 김시국이었다.

"니 친구 사이에 그래도 되는 기가!"

땀범벅인 김시국이 부르짖은 첫마디였다. 그는 부들부들 떨기까지 했다.

"그려, 말 한마디 안 허고 뜬 것은 미안스러운디, 소문 안 나게 허자니 어쩌겠냐? 무사히 왔응게 되았어."

방대근은 김시국의 어깨를 두들겨 주었다.

"아이고메, 요런 기막힌 정성이 어디 또 있겠어?"

감골댁은 김시국의 손을 덥석 잡으며 반가움을 넘어 감격했다.

그 뒤로 감골댁은 짬만 나면 수국이를 몰아댔다.

"돌미륵도 3년 지극정성이면 화답헌다고 혔다. 시국이 총각이 그리 정성을 바쳤으면 됐제 뭘 더 바라냐. 학식이 없냐, 인물이 못 났냐?"

"엄니, 엄니도 여자면서 같은 여자 맘을 어찌 그리도 몰라주요?"

방대근은 이런 실랑이를 아예 모른 체했다. 어머니의 편을 들자니 누나가 가엾고, 누나의 편을 들자니 어머니가 딱했던 것이다. 그는 그저 정의단 일에만 정신을 쏟았다.

그런데 8월 들어 큰일이 잇따라 일어났다. 대한정의단에 김좌진을 비롯해 군사 경험이 많은 사람들이 합류하면서 정의단을 군정부로 바꾸었다. 뒤이어 조선총독이 바뀌고 헌병경찰제가 폐지되었다는 소식도 들려왔다. 그러더니 홍범도 휘하의 대한독립군이 두만강을 넘어 갑산과 혜산진의 일본군 병영을 습격했다는 소식이 퍼졌다. 홍범도 부대의 그 공격은 만주 지역의 여러 독립운동 단체들이 꾀하고 있는 무장투쟁의 첫 신호였다.

11월에는 서간도의 군정부가 이름을 바꾸었다는 소식이 전해져 왔다. 새로 붙인 이름이 서로군정서였다. 이름을 바꾼 까닭은 상해임시정부에서 여운형을 파견하여 군정부도 상해임시정부에 통합해 줄 것을 요청했고, 군정부의 총재 이상룡은 하나의 민족이 두 개의 정부를 가져서야 되겠느냐고 간부들을 설득하여 '군정부'라는 이름을 양보한 것이었다. 그것은 상해임시정부를 유일

한 정부로 인정하고 그 위상을 높여 주는 조처였다.

그 영향은 북간도의 대한정의단에도 그대로 미쳤다. 대한정의단도 북로군정서로 새 이름을 붙였다. 기독교계의 대한국민회도 상해임시정부를 지지했다.

그 단체들이 상해임시정부를 인정하고 그 아래 조직이 되는 것을 주저하지 않은 것은 두 가지 분명한 이유가 있었다. 첫째는 공화주의를 내세우는 정치 이념이 같기 때문이었다. 둘째는 독립을 하려면 무장투쟁과 함께 외교도 해야 한다는 필요성 때문에 상해의 외국 조계에 자리 잡은 임시정부를 중시했던 것이다.

그런데 서간도의 대한독립단은 상해임시정부를 지지하지 않았다. 상해임시정부가 임금을 받들지 않는다는 이유 때문이었다.

바람이 세차게 불고 하늘에 구름마저 끼어 어둠은 짙을 대로 짙었다. 김시국은 독한 중국술에 취해 주막을 나섰다. 수국이의 마음을 돌려 보려고 참빗을 사다 주었다가 면박만 당하고는 울화가 치밀어 혼자 주막을 찾아들었던 것이다.

김시국은 어둠 속을 휘청거리고 걸었다. 그런데 갑자기 뒤에서 인기척이 나는가 싶더니 눈에서 불이 번쩍했다. 김시국은 정신이 아찔해지면서 쓰러졌다.

정신을 차린 김시국은 자신이 밀정이나 앞잡이에게 잡혔는지 모른다고 퍼뜩 생각했다.

"정신 차렸다. 끌고 가."

두 사람이 양쪽 팔을 끼더니 와락 잡아끌었다.

김시국은 추운 어둠 속을 한참이나 걸어 어느 움막에 다다랐다. 김시국은 그 안으로 끌려 들어갔다. 김시국은 꿇어앉혀졌다.

"니 내가 누군지 알겠어?"

전라도 말을 하는 사내가 차가운 웃음을 흘리며 물었다.

"뉘, 뉘신교? 잘 모르겠는데예……."

김시국은 눈을 키워 사내를 올려다보았지만 아는 얼굴은 아니었다.

"그런 썩은 눈깔로 독립운동을 혀?"

사내가 싸늘하게 코웃음 쳤다.

"그려, 차림새가 달라지기는 혔제. 수국이 동네에서 나한테 분한 곽 산 생각 안 나는감?"

"뭐라꼬예!"

김시국이 놀라 부르짖었다. 그 젊은 장사꾼, 바로 그 사내였다.

"그, 그라믄 장사꾼이 아이고……."

김시국의 더듬거리는 목소리는 두려움에 떨고 있었다.

"그려, 인제 알았냐? 나는 느그가 말허는 밀정 양치성이다."

"아이고, 살려 주이소. 잘못했십니더……."

"이 새끼, 겁은 되게 많네. 니 잘못이 뭔지나 알고 잘못했다능

겨? 니 죄는 독립운동 헌 것이 아니고 수국이 좋아허면서 내 앞 가로막은 것이여."

"뭐, 뭐라꼬예? 수, 수국이 안 좋아허겄심더. 사, 살려만 주이소."

"이 자식, 개 겉은 소리 허네."

양치성은 칼을 휙 빼들었다.

31

독립 전쟁의 깃발

만주의 봄은 더뎠다. 4월 중순인데도 꽃은 없고, 개울가나 들녘에 새싹들이 겨우 돋아나고 있었다. 아침저녁으로는 오슬오슬 떨릴 만큼 날씨가 차가웠다.

연길현에 들어선 이광민 일행은 첫 마차역에서 내렸다. 연길현에서 가장 번화한 국자가를 피하자는 것이었다. 국자가는 일본 경찰이 장악하고 있었다.

"여기부터 합마당까지는 걸어야 합니다. 다들 힘들지요?"

김명훈이 웃음을 지으며 네 사람을 둘러보았다. 그들은 마주 웃으며 고개를 저었다.

한성에서 소학교 선생을 하던 김명훈은 3·1운동에 앞장섰다가 상해로 몸을 피한 사람이었다. 그는 상해임시정부가 만주의 독립군 단체로 파견한 요원이었다.

이광민은 그 파견원들이 맡은 임무가 무엇인지 알 수 없었다. 다만 양쪽을 오가며 중요한 비밀 업무들을 수행한다고 짐작할 뿐이었다. 이광민은 자신이 파견원으로 뽑히지 못한 아쉬움을 지금까지 버리지 못하고 있었다.

"자네는 아직 나이가 너무 어리네."

심사를 하고 난 결과였다.

파견원으로 뽑힌 사람들은 대개 나이가 서른 안팎이었다. 나이 스물 안팎의 젊은이들은 상해임시정부를 위해 할 만한 일이 마땅치 않았다. 400여 명의 젊은이들은 상해임시정부를 배돌며 자기들에게 무슨 일이든 맡겨지기를 기다리면서 몇 달을 보냈다. 그들은 임시정부의 독립군 결성을 바랐다. 그러나 임정은 그런 계획을 세우지 않고 있었다. 그러자 젊은이들 사이에서 만주의 독립군을 찾아가자는 말이 나오기 시작했다. 그러더니 하나둘 자취를 감추는 사람들이 생겨났다.

특히 파리강화회의의 결과가 알려지면서 젊은이들의 동요는 더 심해졌다. 파리강화회의에 대한 기대는 민족자결주의에 의한 조선의 독립이었다. 그런데 '조선'이란 이름은 회의에서 한마디도 나오지 않은 채 김규식을 비롯한 대표들이 빈손으로 돌아왔다. 그

건 곧 외교독립론을 내세운 임시정부의 참패였다. 그 실망감 속에서 모두가 확인한 것은 세계의 열강이란 일본 제국주의와 다를게 없다는 사실이었다. 그 일을 계기로 무장투쟁론이 더 강하게 퍼지기 시작했다.

젊은이들은 하나같이 무장투쟁론을 지지했다. 단순히 젊은 혈기 때문이 아니었다. 그들은 3·1운동에 앞장선 경험이 있었고, 그 거족적인 항쟁에 무장만 제대로 갖추었다면 일본을 몰아낼 수도 있었을 거라는 믿음을 가지고 있었다. 이광민도 그렇게 생각했다.

'······우리에게 닥친 문제는 독립운동을 평화적으로 하는 방법을 바꿔 전쟁을 하려 함이요, ······군사훈련을 아니 받는 자는 국민개병주의에 반대하는 자요, 국민개병주의에 반대하는 자는 독립 전쟁에 반대하는 자요, 독립 전쟁에 반대하는 자는 독립에 반대하는 자요······.'

마침내 도산 안창호는 1920년 연설에서 모든 국민이 병사가 되어 독립 전쟁을 해야 한다고 명백하게 밝혔다.

그 연설을 계기로 많은 젊은이들이 또 만주로 떠나기 시작했다. 그 젊은이들은 임정에서 소개하는 여러 독립군 단체들 가운데 하나를 자유롭게 선택했다. 그리고 신원보증과 신변 안전을 위해 파견 요원들이 그들을 인솔하게 했다.

"자, 자꾸 길이 험해지는데 저기서 물 좀 마시면서 쉬어 갑시다."

앞서 걷던 김명훈이 걸음을 멈추며 왼쪽의 개울을 손가락질했다.

"지금 가는 데에 홍범도 부대가 있능가요?"

이광민은 개울물에 손을 담그며 물었다.

"아니오, 우리가 찾아갈 곳은 대한국민회 본부요. 홍범도 부대는 전투를 하느라 늘 이동하고 있으니 국민회 본부에서 다시 안내를 받아야 하오. 그리고 한 가지 알려 줄 게 있소. 우리는 그저 쉽게 홍범도 부대, 홍범도 부대 하는데 그 말은 안 쓰는 게 좋습니다. 왜냐하면 홍범도 부대는 3·1운동 직후 노령에서 이동해 오면서 대한독립군으로 이름을 바꾸었기 때문이오. 그리고 홍범도 부대라는 이름도 의병 투쟁 때부터 편하게 부른 이름일 뿐이오. 더구나 나이 많은 어른의 존함을 아무런 존칭도 없이 부르는 것은 예절에도 어긋나지요."

이광민은 낯이 화끈 달아올랐다.

"죄송헙니다. 지가 실수를 했구만요."

이광민은 김명훈에게 고개를 숙였다.

"아니오, 이 동지한테만 하는 말이 아니라 여러분 모두에게 미리 해 두는 말이오."

김명훈은 밝게 웃으며 이광민의 어깨를 두드렸다.

"자, 너무 오래 쉬었소. 해 떨어지기 전에 도착해야 하니까 빨리 걸읍시다."

김명훈은 땅을 박차고 일어났다.

이광민 일행은 합마당의 대한국민회 본부에서 이틀을 쉬었다. 대한국민회는 예수교인들의 단체답게 합마당에는 예배당이 있었다.

임정의 파견원 김명훈은 딴 곳으로 떠나고 이광민 일행은 대한국민회의 안내원을 따라 하루 종일 산길을 걸어 대한독립군을 찾아갔다. 어스름이 내릴 무렵 꽤나 큰 동네에 도착했다. 그런데 그 마을에는 색깔이며 모양이 일본 군복과 거의 똑같은 옷을 입은 사람들이 오가고 있었다. 그들은 독립군 중에서도 가장 용맹을 떨치고 있는 홍범도 장군의 부하들이었다.

이광민은 감격스러워 가슴이 벌떡거렸다. 어릴 때부터 소문으로만 들어온 홍범도 부대에 와 있다는 사실이 믿어지지 않았다.

"어서 오시오, 젊은 동지들! 먼 길 오느라 수고가 많았소."

홍범도는 이광민 일행을 싸안을 듯이 두 팔을 벌려 맞이했다.

그들은 다음 날부터 닷새 동안 신원 조사를 받았다. 헌병대에서는 출생지부터 최근에 한 일까지 치밀하게 따지고 캤다. 꼭 범인을 다루듯 살벌했다.

신원 조사가 끝나고 나서 조사관이 말했다. 임정의 신원보증을 못 믿어서가 아니라, 만에 하나 임정에서 했을지 모를 실수를 찾아내야 한다는 것이었다. 그 실수의 틈을 타고 밀정이며 끄나풀이 파고든다는 것이었다.

이광민 일행은 다른 데서 온 세 명과 함께 군사교육을 받았다. 아침 일찍 시작해 해가 져서야 끝나는 교육은 혹독했다. 군사교육은 주로 달리기와 총 쏘기였다. 저녁을 먹고 나서는 한 시간씩 정신교육을 받았다.

꼬박 한 달 만에 훈련을 마친 그들은 다 헐어 빠진 옷차림으로 홍범도 장군을 다시 만났다.

"다들 장하시오. 오늘부터 여러분은 대한독립군이오. 이 군복을 받으시오."

홍범도 장군은 새 군복을 한 사람, 한 사람에게 손수 나눠 주며 굳은 악수를 해 나갔다.

이광민은 훈련을 받느라 해지고 찢어진 헌 옷을 벗고 군복을 갈아입었다.

"근디, 어째서 군복이 왜놈들허고 분간이 잘 안 되는가요?"

이광민은 찜찜해서 묻지 않을 수 없었다.

"그래야 위장이 잘될 거 아니오?"

교관의 대답은 간단했다.

얼마 뒤 대한독립군 300여 명은 며칠 동안 행군해서 왕청현 봉오동에 도착했다. 쉰두 살의 홍범도 장군은 지친 기색도 없이 줄기차게 앞장서서 걸었다.

봉오동에는 이미 다른 독립군 부대가 배치되어 있었다. 그 부대는 봉오동의 큰 부자 최진동이 이끄는 군무도독부의 독립군이었다. 그리고 대한독립군에 이어 또 안무의 국민군이 도착했다.

세 부대가 봉오동에 모인 것은 연합을 하기 위해서였다. 그들 세 부대의 연합으로 1920년 5월 28일 대한북로독군부가 탄생했다. 북로독군부는 1,200여 명의 대부대가 되었다.

부대 연합을 마친 대한독립군은 소규모의 작전을 준비했다. 30명으로 편성된 소부대에는 이광민을 비롯한 신병들이 포함되어 있었다. 대한독립군에서는 국내 진입 작전을 펼칠 때면 신병들을 꼭 포함시켰다. 실전을 경험하게 하는 동시에 두만강을 건너 국내로 진입하면서 독립군의 긍지와 보람을 느끼게 하기 위해서였다.

그들은 봉오동을 출발하여 새벽어둠 속에 두만강을 건넜다. 6월 초순인데도 새벽의 두만강 물은 살이 떨릴 만큼 차가웠다.

'내가 독립군으로 두만강을 건너간다!'

배꼽까지 차오르는 물속을 걸으며 이광민은 소리 없이 부르짖고 있었다. 목메는 감격과 함께 송중원을 비롯한 벗들의 모습이 떠올랐다.

강을 건넌 그들은 산기슭을 타고 남쪽으로 전진했다. 날이 밝자 그들은 산속으로 더 깊이 몸을 숨기며 움직였다. 그들은 산 위에서 공격 목표를 내려다보며 석양이 되기를 기다렸다. 강양동 헌병 순찰대 초소를 삼면에서 공격하기로 이미 병력 배치는 끝나 있었다. 석양이 되기를 기다리는 것은 그때쯤이면 일본군의 긴장이 풀리기 때문이었다.

나무들의 그림자가 동쪽으로 길게 누웠다. 불그레한 석양빛 속에 총도 안 들고 오락가락하는 일본군들이 멀리 보였다.

이윽고 소대장이 공격 신호를 보냈다. 3개 분대는 제각기 산기슭을 벗어나며 돌격했다.

탕, 타당 탕탕…….

초소 앞 일본군들이 소리를 지르고, 혼비백산 뛰고, 우왕좌왕 법석이었다.

독립군은 지형지물에 몸을 가리고 앞으로 나아가며 계속 공격했다. 수비대 초소는 삼면 공격에 에워싸였다.

초소에서 총소리가 약해지는 것 같더니 누군가가 소리쳤다.

"저놈들 도망간다!"

독립군은 수비대 초소를 수류탄으로 폭파하고 강변길을 따라 재빨리 물러났다. 대열의 중간쯤에서 뛰던 이광민은 비로소 제정신이 돌아오고 있었다.

그런데 그들이 두만강을 건너 삼둔자에 도착한 지 얼마 안 되어 일본 수비대가 그들을 쫓아 두만강을 건너고 있다는 소식이 들려왔다. 소대장은 재빨리 병력을 삼둔자에서 뺐다. 동네에서 싸울 수는 없었고, 자신들의 자취를 없애 동포들을 보호해야 했다.

뒤늦게 삼둔자에 나타난 추격대는 독립군의 흔적이 없자 민간인 네댓 사람을 닥치는 대로 살해했다. 그리고 다음 날 먼동이 트면서 삼둔자를 나와 봉오동 쪽으로 추격했다.

밤을 새우며 그들의 움직임을 감시하던 독립군은 마침내 공격

기회를 잡고 일본군을 뒤에서 공격했다. 기습을 당한 일본군은 반격할 엄두도 못 내고 도주하기 시작했다.

독립군은 한동안 일본군을 뒤쫓으며 공격했다. 그들이 도저히 반격할 생각을 못하도록 몰아친 다음에야 산속으로 몸을 감추었다.

"저놈들이 강을 건너온 건 처음이지요?"

누군가가 소대장에게 물었다.

"그렇군, 저놈들이 달라진 거야. 자, 중대 사건이니까 빨리 귀대합시다."

그들이 봉오동으로 돌아오자 긴급회의가 열렸다. 간부들은 모두 일본군 수비대가 강을 건넜다는 사실을 중시했다. 처음 일어난 일이라 그렇기도 했지만, 언제든 또 강을 건너 공격해 올 수 있기 때문이었다. 만일에 대비해 경계를 강화하자는 것이 회의 결과였다.

다음 날 밤, 척후병들의 보고가 잇따라 들어왔다. 서쪽에서 일본군 대부대가 진격해 오고 있다는 것이었다.

예상이 맞아떨어짐에 따라 사령관 홍범도는 봉오동의 세 마을 사람들을 모두 산으로 대피시키라고 명령했다.

마을 사람들이 모두 대피하자 홍범도는 먼저 적을 유인할 분대를 내보냈다. 그리고 적과의 전투 지점을 골짜기 끝으로 정하고 병력을 배치했다. 전투 지점으로 정한 곳은 ㅅ자 꼴의 분지였다.

그 분지를 에워싸고 있는 다섯 방향의 산 중턱에 각기 중대 병력을 배치했다. 그 다섯 곳은 어디서나 ㅅ자 분지가 훤히 내려다보였다. 완전한 포위망을 구축한 것이었다.

한편, 잠복해 있던 유인 분대는 새벽어둠 속에서 일본군을 맞이했다. 그들은 2개조로 나뉘어 번갈아 가며 적에게 사격을 하며 숨고, 사격을 하고 숨었다. 적들은 맞대응을 하면서 점점 빠르게 따라왔다. 이윽고 유인작전에 걸려든 적들이 ㅅ자 분지에 다다랐다.

따아앙앙앙앙…….

한 발의 총성이 울리며 몇 겹의 산울림을 지었다. 공격 신호였다. 고요하던 산에서 순식간에 총소리가 진동했다.

갑자기 포위 공격을 받은 일본군 대열은 삽시간에 난장판이 되었다. 천 명이 넘는 독립군이 쏘는 총소리는 산울림으로 더욱 요란하고, 그 속에서 일본군 지휘관들은 아우성을 치고, 놀란 병사들은 허둥지둥 뒤엉키고, 여기저기서 비명을 지르며 쓰러지고, 숨을 곳을 찾으려고 어지럽게 뛰고 있었다.

일본군은 세 시간쯤 총을 쏘며 맞서더니 수많은 사상자를 내고 후퇴하기 시작했다.

일본군은 전사자 157명, 중경상자 300여 명을 내고 두만강 쪽으로 쫓겨 갔다. 봉오동 전투가 끝난 6월 7일은 거센 바람과 요란한 천둥 속에서 저물고 있었다.

한편, 서간도에는 '토벌'의 회오리가 일고 있었다. 중국과 일본의 합동수색대가 독립군 소탕 작전을 벌이고 있었던 것이다.

시교당 밖이 갑자기 소란스러워졌다. 어른들의 소리가 거칠게 울리고 아이들의 놀란 비명과 울음소리가 시끌벅적했다.

"손 들엇! 손!"

한 남자가 마당으로 뛰어들며 외쳤다.

"야아……?"

모처럼 한가하게 장기판을 벌이고 있던 배두성과 천수동이 놀라 벌떡 일어났다. 눈앞에 총을 겨누고 있는 두 군인은 일본군이었다.

"이봐, 김동수 나오라고 해."

송수익을 찾고 있는 그 사나운 서슬에 천수동과 배두성은 주춤주춤 물러섰다.

"시, 시방 안 계시는디요."

천수동의 목소리가 떨렸다.

천수동과 배두성은 한눈에 그들이 독립군 토벌대라는 것을 알았다. 맨 먼저 들어온 조선 놈은 토벌에 앞장을 서고 있는 보민회 회원이라는 것도 알았다. 보민회는 거류민회와 함께 만주에 퍼져 있는 친일 단체였다.

두 군인은 시교당을 정신없이 뒤졌다. 어쩔 줄 모르고 그들의

눈치를 살피던 배두성이 후다닥 튀어 달아났다.

"저놈 잡아라, 도망간다!"

그 보민회 남자가 잽싸게 천수동의 덜미를 잡아채며 일본말로 외쳤다.

탕 탕 탕.

밖에서 총소리가 울렸다. 그리고 비명이 잇따랐다.

두 군인이 천수동의 팔을 뒤로 꺾어 쇠고랑을 채웠다. 천수동의 눈에 눈물이 그렁그렁 번졌다. 잠복조의 총에 죽었을 배두성이가 너무 안됐던 것이다.

두 군인은 헛간 옆에서 짚단을 옮겨 와 성냥을 긋더니 시교당 안으로 집어 던졌다. 그리고 처마 밑을 따라 돌며 불을 붙였다. 초가지붕은 곧 불길에 에워싸였다.

천수동은 시교당 밖으로 끌려 나갔다. 밖에 잠복해 있었던 두 군인과 함께 그들은 마을을 떠났다.

그때서야 노인들과 아이들은 배두성이 쓰러져 있는 곳으로 몰려갔다. 등에 두 방의 총을 맞은 배두성은 이미 숨이 끊겨 있었다.

얼마 지나지 않아 논밭에 나갔던 사람들이 허둥지둥 돌아왔다.

"빙신이여, 빙신이여. 내빼기는 뭐헐라고 내빼. 미련 곰퉁이, 이리 허망허게 죽을라고 만주까지 온 거여? 그냥 잡혀갔으면 살아날 구멍이 있었을 것 아니여⋯⋯."

필녀는 남편 얼굴에 묻은 흙을 손바닥으로 닦아 내고 또 닦아 내며 서럽게 울었다.

"요 일을 어째야 쓸랑고? 선생님도 안 계시고, 아이고메 환장허 겄네……."

천수동의 아내가 허둥거렸다. 그러나 남자들은 시무룩하게 기가 죽어 있을 뿐 어떤 묘책도 내놓지 못했다. 이런 때 채를 잡고 나서야 할 송수익이나 지삼출이 마을을 비우고 없었던 것이다.

송수익과 지삼출은 이틀 뒤에 돌아왔다. 잿더미가 된 시교당 마당에서 송수익은 눈을 감은 채 한참을 굳은 듯 서 있었다.

일본군의 만행은 갈수록 심해지고 있었다. 송수익이 유하현 삼 원보에 다녀온 것도 나날이 심해지는 일본군의 만행 때문이었다. 서로군정서 본부에서 그 대비책을 세우기 위해 긴급회의를 소집 했던 것이다. '중일합동수색대'가 생긴 것이 두 달 전이었다. 3·1운 동 이후 만주에 독립군 단체가 많이 결성되면서 그 활동이 맹렬 해지자 조선총독부 경무국장이 몇 차례나 봉천에 와서 만주의 군벌 장작림을 꾀어 결국 목적을 이루었다. 그러나 합동수색대란 이름뿐이고, 장작림의 군대는 뒤로 물러선 상태에서 일본군들이 서간도를 휘젓고 다니며 조선 사람을 살해하고 마을에 불을 질 렀다. 봉오동 전투의 참패를 그렇게 분풀이하고 있었던 것이다.

서로군정서에서는 장작림 쪽에 중국군과의 '합동' 수색을 폐지

해 달라며 손을 썼지만, 장작림 쪽에서는 당신네들이 다른 데로 옮겨 가라는 엉뚱한 반응을 보였다. 장작림 쪽에 더 이상 아무것도 기대할 수 없게 되자, 서로군정서에서는 유하현을 떠나 안도현으로 옮기기로 결정을 내렸다.

송수익은 나라 잃은 비애를 또다시 뼈저리게 씹으며 돌아와 보니 그런 황망한 일이 벌어져 있었다.

"선생님 오시기만 목이 빠지게 기다리고 있었구만이라우. 우리 상길이 아부지…… 우리 상길이 아부지를……."

천수동의 아내는 애가 탔다.

"무사하도록 손을 쓸 테니 조금만 기다리세요. 다른 동네에서 잡혀간 사람들이 별 탈 없이 풀려나기도 했다는 소문 들었지요?"

송수익은 천수동의 아내의 손을 감싸 잡으며 지성스럽게 말했다.

송수익은 곧바로 알고 지내는 중국 관헌에게 선을 댔다. 돈 50원도 함께 보냈다. 독립군을 구하는 데 그만한 돈은 당연히 써야 했다.

그렇게 하고도 송수익은 줄곧 불안을 떼치지 못했다. 어떤 고문을 당하더라도 천수동이 독립군이라고 실토하지 말아야 할 텐데 그게 큰 걱정이었다. 그저 평소에 교육한 것을 믿을 수밖에 없었다.

송수익은 깊은 수심에 잠긴 채 안도현으로 이동하기 위한 준비를 시작했다.

그 준비를 거의 마무리해 가고 있을 즈음 천수동이 풀려났다. 천수동은 제대로 걷지도 못했다. 송수익은 아무 말도 못하고 천수동을 끌어안았다.

유하현 본부로 떠날 준비를 다 마쳤는데 지삼출이 헐레벌떡 급한 소식을 알려 왔다.

"어저께 신흥무관학교에 마적 떼가 들이닥쳐서……."

"또!"

송수익은 반사적으로 몸을 일으켰다. 그와 동시에 그의 머리를 치는 생각이 있었다.

'마적 떼가 왜놈들의 사주를 받고 있는 게 아닌가!'

마적단이 신흥무관학교를 처음 습격한 게 작년 7월이었다. 마적 떼는 그 뒤로도 자주 학교를 습격했다. 그들이 신흥무관학교를 습격해서 얻는 수입은 별게 없었다. 그런데도 그들은 한두 번으로 그치지 않고 습격을 계속했다. 그 점을 이상하게 생각해 오던 송수익이 마침내 그들이 일본 정보기관의 사주를 받았을지도 모른다는 생각을 하게 된 것이었다. 마적 떼의 잦은 습격으로 학생들이 불안해하는 것이 문젯거리로 등장해 있었다. 또한 본부의 이동으로 학교 운영을 어떻게 할지 결론을 내리지 못한 상태였다.

이래저래 송수익의 머리는 복잡하기만 한데 또 엉뚱한 일이 불거졌다.

"선생님, 저도 따라갈라능마요."

필녀가 찾아와 한 말이었다.

"여자는 아무도 안 가니까 필녀도 여기 있어야 해."

"아닌디요, 지도 총질헐 줄 아는디요."

필녀가 다부지게 말했다.

"언제 총 쏘는 걸 배웠다는 건가?"

송수익은 황당해서 믿을 수가 없으면서도 정색을 하고 물었다.

"왜놈 여편네들이 총질을 배운다는 소문 듣고 지도 삼출이 아
재 졸라서 배웠구만이라."

송수익은 말문이 막혔다. 압록강과 두만강을 지키는 일본군 국
경 수비대의 장교 아내들에게 권총 사격을 가르쳐 무장시킨 것은
벌써 몇 년 전이었다. 그때 총 쏘기를 배웠다는데 자신은 까맣게
모르고 있었다.

"수국이도 배웠나?"

둘이 그림자처럼 붙어 다니는 생각이 나서 송수익은 설마 하면
서도 물었다.

"야아, 수국이도 열성으로 배웠구만이라."

"딴 여자들은?"

그 일에 지삼출만이 아니라 방대근이까지 가담된 것을 직감하
며 송수익은 다른 여자들도 더 있을지 모른다고 생각했다. 그러

나 필녀는 고개를 저었다.

"총을 쏠 줄 알아도 안 돼. 다 남자들뿐이고, 고생이 많을 거야."

송수익은 남모르게 총 쏘기를 배운 필녀의 마음을 갸륵하게 생각하면서도 먼 길을 따라나서는 것은 막으려 했다.

"선생님, 지가 만주까지 왜 왔는디요? 선생님 안 계시는 데서는 인제 하루도 안 살랑마요······."

필녀는 금세 눈물이 크렁해졌다.

"어허, 그런 소리 하면 못써."

송수익은 더 엄하게 나무랐다.

"야아, 알겠구만이라. 만주에도 지 발로 왔응게 앞으로도 지 발로 가겠구만이라."

손등으로 눈을 썩 문지르고 돌아서는 필녀의 몸짓은 단호하기 이를 데 없었다.

송수익은 대원 20여 명을 이끌고 밤길을 떠났다. 필녀는 대원들 끝머리에 따라붙어 있었다.

신흥무관학교는 서로군정서의 결정으로 8월에 폐교되었다. 만주에서 그리고 나라 밖에서 가장 먼저 세운 독립군 양성 학교가 문을 닫은 것이었다. 그 10여 년 동안 배출한 졸업생이 2,500여 명에 이르렀다.

한편 북간도에서는 8월 말부터 독립군 단체들이 대대적으로 근거지를 이동했다. 그건 일본의 정치적 압력을 받고 있는 중국 군벌의 체면을 세워 주는 동시에 독립군을 보호하자는 것이었다.

일본은 서간도에 중국과 합동수색대를 조직하면서 북간도에도 똑같은 계획을 추진했다. 그러나 북간도에서는 실패하고 말았다. 길림성장을 비롯해서 연길도윤이나 군부대장이 수색대 조직을 반대하며 응하지 않았던 것이다. 독립군 단체들은 그동안 그들과 친교를 두텁게 해 왔고, 그들은 조선 사람들의 입장을 이해하고 호의를 가지고 있었다.

그러나 그들이 일본의 압력을 얼마나 버텨 낼지 알 수 없었다.

이광민이 소속된 대한독립군은 8월 하순에 연길현 명월구를 출발했다. 그들은 봉오동 전투 이후에 명월구로 옮겨 와 있었던 것이다. 대한독립군은 안도현 방면의 백두산을 향해 낮에는 은거하고 밤에만 이동하는 조심스러운 행군을 했다.

조선 사람들 마을에 은거할 때마다 이광민은 두 가지 사실에 놀라고는 했다. 하나는 독립군을 대하는 조선 사람들의 따뜻함과 극진함이었고, 다른 하나는 홍범도 장군을 진정으로 우러러보는 사람들의 마음이었다.

어디서나 그렇지만 만주에서도 산골로 들어갈수록 조선 사람들의 생활은 더 가난했다. 그런데도 그들은 독립군을 배불리 먹이려 정성을 다했다. 만주에 사는 조선 사람치고 많든 적든 군자금을 내지 않는 사람은 거의 없었다. 독립군들은 그 고마움을 조금이라도 갚으려고 나무를 찍어다 장작을 만들거나 기울어진 울타리를 고쳐 주거나 했다. 그건 홍범도 장군의 지시이기도 했다.

"총을 함부로 쏘아서는 안 되오. 총알 하나하나가 다 우리 동포들의 피땀이고, 동포들이 밥을 굶어 가면서 낸 돈으로 산 것이오."

홍범도 장군이 항상 병사들에게 일깨우는 말이었다.

한편 방대근이 소속된 북로군정서는 9월 중순에야 부대 이동을 시작했다. 이동이 늦어진 이유는 무기 구입과 사관연성소 졸업식 때문이었다. 사관연성소 출신들을 무장시키기 위해 6월에 블라디보스토크로 떠났던 무기 운반대 200여 명이 8월 하순에야 도착했던 것이다.

9월 9일 졸업식을 마친 사관 연성생 300여 명은 새로 구해 온 무기로 완전무장을 했다. 그들의 부대 편성과 함께 모든 이동 준비를 끝낸 것이 9월 중순이었다.

북로군정서도 조선 사람들 마을에 의지해 가며 왕청현에서 연길현을 지나 화룡현 삼도구까지 한 달에 걸친 행군을 했다.

그런데 북로군정서가 청산리 길목인 삼도구에 이르렀을 즈음, 훈춘사건을 빌미로 두만강을 건넌 일본군이 북간도의 조선 사람들을 마구잡이로 죽이고 마을을 불 지르고 있었다.

중국군의 토벌이 전혀 효과가 없는 것을 알고 일본은 중국 땅에 일본군을 투입해 직접 토벌에 나설 계략을 세우고, 훈춘사건을 조작했다.

일본군은 마적단을 매수해 훈춘을 습격하게 했다. 마적단 400여 명은 일본인 상점을 약탈하고 일본 영사관 분관에도 분탕질을 했다. 일본은 만주에 사는 일본인의 생명과 재산을 보호한다는 명분을 내세워 바로 그날부터 병력을 만주 땅에 투입했다. 그 행위를 정당화하기 위해 만주거류민회는 자기들을 보호해 달라는 청원서를 본국에 보냈고, 잇따라 보호를 독촉하는 거류민 시민대회를 이곳저곳에서 벌였다. 그런 분위기를 타고 일본군 병력은 계속 두만강을 건너 북간도로 진격하고 있었다.

북로군정서군이 삼도구에 도착한 10월 12일께에는 이미 일본군이 북간도 요소요소에 주둔하면서 정탐원을 사방에 뿌려 놓았기 때문에 독립군의 움직임은 거의 드러나 있었다. 독립군들도 일본군의 만주 침입을 알고 있었기 때문에 그 대비책을 마련하고 있었다.

어랑촌 골짜기 일대에는 홍범도의 대한독립군과 안무의 국민회군을 뒤따라 신민단·의민단·한민회군 등이 ·집결해 있었다. 그들은 회의를 열어 홍범도를 사령관으로 세우고 합동작전을 펼치기로 결정했다. 또 북로군정서와도 연합작전을 하기로 합의했다

독립군이 한데 모인 화룡현 이도구와 삼도구 일대는 백두산 자

락의 밀림 지대로 험한 산줄기가 많은 안도현과 맞붙어 있었다. 백두산의 수많은 줄기 가운데 남쪽으로 이어진 곳이 청산리 골짜기였고, 그 북쪽으로 사오십 리 떨어져 이도구와 이어진 곳이 어랑촌 골짜기였다.

용정을 출발한 일본군은 북로군정서군을 추격하며 청산리 골짜기 안으로 진입해 들어왔다. 북로군정서군 사령관 김좌진은 이미 부대를 청산리 골짜기의 끝인 베개봉, 노령봉 아래로 이동시켜 놓고 전투태세를 갖추고 있었다.

청산리 골짜기는 초입의 송하평 마을에서 심지평 마을을 거쳐 청산리까지 그 폭이 1킬로미터가 넘는 질펀한 평지였다. 그러나 골짜기의 가운데 부분인 청산리를 지나면서부터는 산줄기가 높아지면서 비탈이 차츰 심해져 논은 사라지고 밭만 남았다. 골짜기의 끝 마을인 백운평 아래에 이르면 밭마저 모습을 감추었다.

백운평부터는 양쪽 산줄기가 맞닿을 듯 골짜기가 좁고, 바로 위쪽으로는 봉우리가 꼭 베개를 닮은 베개봉과 노령봉이 험산 줄기를 이루었다. 북로군정서군이 배치된 곳이 그 험산 줄기가 시작되는 골짜기였다.

나무가 빽빽하게 들어찬 그 골짜기는 폭이 좁을 뿐만 아니라 양쪽의 산비탈은 급경사였다. 길도 가느다란 오솔길이 하나 나 있을 뿐이었다. 북로군정서군은 그 오솔길 양쪽 산비탈과 정면, 그리고 건너편 산 중턱에 포위망을 구축했다. 그 포위망 속으로 일본군을 끌어들이기 위해 각 마을의 노인들에게, 보잘것없는 총을 지닌 독립군들이 허둥지둥 골짜기 위쪽으로 도망갔다고 대답하라고 일러두었다.

방대근은 소대장으로 좌측 산비탈에 부하들과 함께 배치되었다. 빽빽한 나무들은 방어에는 유리하지만 공격에는 불편했으므로 그는 일일이 부하들에게 좋은 사격 위치를 잡아 주었다. 병사들은 쓰러진 통나무 뒤에 숨고 낙엽 속에 몸을 파묻어 완전하게 매복했다.

햇발이 제대로 퍼지지 않은 아침 8시쯤, 드디어 일본군이 북로군정서군이 매복해 있는 산 아래로 거침없이 들어섰다. 200여 명의 중대 병력이었다. 그들은 곧 포위망 속에 갇혔다.

땅!

한 방의 총성이 울렸다. 공격 신호였다. 공격을 기다리고 있던 북로군정서군은 일제히 사격을 가했다. 그야말로 독 안에 든 쥐가 따로 없었다. 일본군은 갈팡질팡했고, 아우성과 비명이 뒤엉키며 픽픽 쓰러졌다.

좁은 골짜기는 요란한 총소리와 처절한 비명으로 진동했다. 그러기를 20여 분, 일본군 200여 명은 전멸했다.

그것으로 끝이 아니었다. 뒤따라오던 일본군 본대가 박격포와 기관총으로 공격해 왔다. 그러나 그 공격이 아무 소용 없다는 것을 알고 보병과 기병을 투입해 북로군정서군을 공격하려 했다. 그러나 전투에 유리한 곳을 빼앗긴 채 자기들을 다 드러내고 덤벼드는 공격은 희생자만 낼 뿐이었다.

　2차 공격까지 실패한 일본군은 한동안 잠잠했다. 점심때까지 독립군들은 물 한 모금 마시지 못한 채 진지를 지키고 있었다.

　일본군은 박격포와 기관총으로 보병을 엄호하면서 세 번째 공격을 시도했다. 그러나 사상자만 늘어날 뿐 아무 성과도 얻지 못했다.

　어느덧 석양이 밀려왔다. 해가 기울면서 골짜기에 산그늘이 드리워졌다. 일본군들은 결국 100명이 넘는 전사자만 더 보태고 산골의 어둠살에 밀려 골짜기 아래로 패주해 갔다.

　"만약 봉밀구에 있는 왜적이 오게 되면 한 시간 만에 여기에 도착할 것이다. 그에 대비해 우리는 즉시 철수해 갑산촌에서 밤 2시까지 합류토록 한다."

　김좌진 장군의 작전 지시였다.

　다른 일본군 부대의 공격을 경계하며 북로군정서군은 철수를 시작했다.

　방대근은 어둠 속에서 부하들을 다시 점검했다.

"배고프제? 쬐깐만 더 참어. 갑산촌에 가면 뜨끈뜨끈헌 밥이
있응게."

방대근은 이렇게 말하며 부하들의 어깨를 두들겼다. 다들 하루
종일 아무것도 먹지 못했지만 배고파하는 병사들은 보이지 않았

다. 모두 승리의 기쁨에 취해 배고픔쯤 거뜬하게 이겨 내고 있었던 것이다.

백운평 골짜기를 떠난 방대근 부대는 어둠 속을 쉬지 않고 걸어 예정된 시각에 맞추어 갑산촌에 당도했다.

"두어 시간 늦을 줄 알았는데 이렇게 빨리 오다니! 어서 병사들에게 먹을 것을 주고 쉬게 하시오."

김좌진 장군이 반가워하며 병사들을 염려했다.

전체 인원 점검이 실시되었다. 전사자와 실종자는 모두 22명이었다.

"실종자들이 부대를 찾아와야 할 터인데……. 야간 행군이 돼놔서……."

김좌진의 무거운 중얼거림이었다.

청산리 백운평 전투를 완전히 승리로 끝낸 독립군들은 곧 깊은 잠에 빠져들었다.

북로군정서 독립군이 청산리 독립 전쟁의 첫 번째 전투에서 승리하고 철수를 시작할 즈음에 이도구 어랑촌 골짜기에서 서북쪽으로 뻗은 완루구 골짜기에서는 홍범도 장군이 이끄는 대한독립군과 그 연합 부대들이 또 다른 일본군의 공격에 맞서 두 번째 전투를 벌이고 있었다.

일본군은 어둠살을 타고 골짜기를 건너 공격해 왔다. 그러나 일본군의 공격은 시간만 끌다가 날이 어두워지고 말았다. 그러자 일본군은 산에 불을 지르기 시작했다. 불길은 금세 거칠어지며 산비탈을 타고 올랐다. 일본군은 불길과 연기를 앞세우며 총을 난사했다.

홍범도 장군은 곧 퇴각 명령을 내렸다. 독립군은 불길과 연기에 몸을 가리며 예상보다 쉽게 퇴각했다. 그들이 퇴각하는 동안 연합 부대는 일본군을 뒤에서 공격할 태세를 갖추고 있었다.

일본군은 독립군이 퇴각한 줄 모르고 계속 사격을 가했다. 연합 부대가 뒤에서 공격해 오자 다른 쪽에서 독립군을 공격하던 일본군은 자기네 군대를 독립군으로 오인해 총을 쏘기 시작했다. 일본군은 홍범도의 유인작전에 꼼짝없이 걸려든 것이었다.

전투는 새벽녘에야 끝났다. 골짜기에는 나무 타는 연기와 함께 새벽안개가 자욱하게 끼어 있었고 산비탈에는 400여 구의 시체가 널려 있었다. 다른 쪽에서 넘어온 일본군은 그 시체가 자기네 부대원들이라는 것을 그때서야 알아차렸다. 독립군은 어디로 사라졌는지 흔적도 보이지 않았다.

홍범도의 대한독립군과 그 연합 부대가 완루구 전투를 승리로 끝내고 서쪽의 험산으로 자취를 감춘 그 시각에 갑산촌에 잠들었던 북로군정서군 병사들은 새벽잠에서 깨어나고 있었다.

"저 아래 샘골물에 말 탄 왜병들이 들어와 자고 있어요."

농군 차림의 두 남자가 숨을 몰아쉬며 산 너머를 손가락질했다.

"그래요? 몇이나 되지요?"

김좌진은 독립군을 돕는 그 마음에 고마움을 느끼며 두 남자의 손을 잡았다.

"한 마흔 되는 것 같드만요."

"잘 알았소. 소식 전해 줘서 고맙소. 곧 몰살시키리다."

"고맙기는요…… 다 우리 일인데……."

두 남자는 당연히 할 일을 한 것이라는 듯 오히려 멋쩍어했다. 김좌진은 그런 그들의 태도에 가슴이 뭉클했다. 백운평 전투에서 일본군을 포위망 안으로 쉽사리 끌어들일 수 있었던 것도 순전히 마을 동포들의 공이었다. 변변찮은 무기를 든 독립군이 겁에 질려 골짜기 위로 쫓겨 갔다는 거짓 정보를 전해 주었기 때문에 일본군은 마음 놓고 골짜기의 막바지까지 치올라 왔던 것이다.

갑산촌 동포들은 차조밥을 해서 병사들에게 한 덩이씩 먹였다. 잠이 설깬 병사들은 주먹밥을 우물거리며 대열을 지었다. 북로군정서군은 새벽어둠을 헤치며 샘골물로 진격했다.

샘골물 근방은 골짜기의 폭이 넓지 않았고 집도 11채뿐이었다. 북로군정서군은 사방을 포위해 적을 한꺼번에 무찌르기로 했다. 곧 동서남북으로 부대 배치가 시작되었다. 그런데 북쪽 산줄기로 이동하던 부대에서 총을 오발해서 서너 방의 총소리가 울렸다.

그 소리에 놀란 일본군은 자다 말고 밖으로 튀어나와 우왕좌왕했고 독립군은 곧바로 공격을 시작했다.

사람의 비명 소리와 말의 비명 소리가 요란한 총소리 속에서 뒤엉켰다. 그런데 총알이 빗발치는 속에서도 일본군 넷이 용케도 말을 잡아타고 도주했다. 독립군의 공격은 곧 끝났다. 일본군 40여 명은 말들과 함께 여기저기 죽어 나자빠져 있었다.

"도주한 놈들이 곧 어랑촌 본부에 도착할 것이다. 우리는 즉시 이동한다."

김좌진 장군의 지시였다.

청산리 독립 전쟁의 세 번째 전투를 끝낸 독립군은 전사자 두 명을 산자락에 묻고 북쪽 산줄기를 넘어갔다. 동쪽의 어랑촌에서 몰려올 일본군에 맞서기 위해서였다.

북로군정서군은 골짜기를 가로질러 맞은편 산줄기로 올라갔다. 전투에 유리한 900여 미터의 고지를 차지하기 위해서였다.

북로군정서군이 고지에 병력을 배치하고 전투태세를 갖추었을 때 일본군이 몰려오기 시작했다.

일본군 연대 병력은 보병만이 아니었다. 포병과 기마병이 앞장을 서고 있었다. 독립군은 병력이나 화력이 일본군에 훨씬 못 미쳤다. 더구나 병사들은 연이은 격전으로 지칠 대로 지쳐 있었고, 끼니마저 제대로 때우지 못해 허기져 있었다. 그러나 독립군의 사기는 여전히 펄펄 살아 있었다.

일본군 연대 병력이 공격을 시작했다. 박격포의 지원사격을 받으며 일본군은 산비탈을 기어올랐다. 나무와 바위 같은 데에 몸을 숨긴 독립군은 일본군을 내려다보며 반격했다. 일본군이 여기저기서 비명을 지르며 산비탈을 굴렀다.

희생자가 잇따르자 일본군은 공격을 멈추고 물러났다. 그러나 그들은 곧 다시 공격해 왔다. 그렇게 몇 차례를 되풀이했다. 그런데 일본군 수가 줄어들기는커녕 오히려 두 배, 세 배로 불어나고 있었다. 독립군을 토벌하기 위해 청산리와 어랑촌의 골짜기마다 투입했던 일본군들이 이곳으로 다 모여드는 것이었다.

"저놈들을 다 죽이고 우리도 모두 죽을 각오를 하라!"

김좌진 장군이 병사들에게 외쳤다.

일본군 수가 늘어나면서 공격도 한층 거세어졌다. 그에 맞선 독립군의 반격도 더 뜨거워졌다. 그러나 일본군의 수가 워낙 많아 전세는 처음 같지 않았다. 독립군에게 점차 위기가 닥치고 있었다.

그런데 서쪽 산줄기를 타고 북로군정서군 쪽으로 급히 다가오는 대부대가 있었다. 바로 홍범도의 대한독립군과 그 연합 부대였다. 그 부대들은 새벽녘까지 완루구 전투를 치르고 이동하다가 북로군정서군이 전투를 벌이고 있다는 것을 알고 지원하러 온 것이었다.

1,400여 명을 헤아리는 독립군 연합 부대는 북로군정서군이 진을 치고 있는 고지의 바로 옆에 솟은 또 하나의 봉우리를 차지하고 공격에 나섰다. 그 뜻밖의 사태에 일본군은 북로군정서군을 에워싼 포위망을 풀어 병력을 나누지 않을 수 없었다.

전투는 더 치열해졌다. 일본군은 산비탈을 오르다가 많은 희생자를 내고 물러섰다가는 다시 돌격하다가 또 물러서기를 되풀이했다.

석양빛이 어스름으로 바뀌고 있었다. 일본군의 공격이 잦아들더니 그들은 전사자들을 나르기 시작했다. 셀 수 없을 만큼 많은 일본군의 시체가 산비탈을 뒤덮고 있었다. 독립군도 경계를 풀지 않은 채 전사자들을 한곳으로 모았다. 전투가 치열했던 만큼 독립군 전사자도 100명이 넘었다.

어둠이 내리면서 전투는 끝났다. 독립군은 적의 추격을 경계하며 산줄기를 타고 서쪽으로 재빨리 이동하기 시작했다. 일본군은 더 이상 싸울 기력을 잃었는지 추격해 오지 않았다.

독립군은 몇 굽이 골짜기를 돌아 행군을 멈추었다. 인적 없는 산속이었다. 그곳에서 하룻밤을 묵기로 하고 소대별로 모여 모닥불을 지폈다. 어디선가 노랫소리가 울렸다.

나아가세 독립군아 어서 나아가세

그 노랫소리에 여러 목소리가 더해졌다.

기다리던 독립 전쟁 돌아왔다네

노랫소리는 모든 독립군들의 마음을 뒤흔들었고 마침내 합창
이 되었다.

이때를 기다리고 10년 동안에
갈았던 날랜 칼을 시험할 날이
나아가세 대한민국 독립 군사야
자유 독립 광복함이 오늘이로다
정의의 태극 깃발 날리는 곳에
적의 군대 낙엽같이 쓰러지리라

탄환이 빗발같이 퍼붓더라도
창과 칼이 네 앞을 가로막아도
대한의 용장한 독립 군사야
나아가고 나아가고 다시 나아가라

최후의 네 핏방울 떨어지는 날

최후의 네 살점이 떨어지는 날

네 그리던 조상 나라 다시 살리라

네 그리던 자유 꽃이 다시 피리라

어느새 독립군은 모두 일어서서 노래를 부르고 있었다. 여기저기서 타오르는 모닥불이 산속의 어둠을 사르는 가운데 우렁찬 독립군가가 백두산 기슭에 메아리로 퍼지고 있었다.

산속의 밤 추위가 밀려오면서 독립군 병사들은 모닥불 가에 빽빽하게 둘러앉았다.

"멧돼지 한 마리 안 잡히나. 저 불에 구워 먹으면 얼마나 맛있겠어?"

"저런, 바라기도 크게 바라네. 그저 감자라도 하나씩 구워 먹으면 더 바랄 게 없겠네."

독립군 병사들은 하루 종일 굶으면서 싸웠고, 싸움이 끝나고도 먹을 게 없었다.

그들과 함께 불을 쬐고 있던 이광민의 눈이 갑자기 커졌다. 저 앞에 지나가는 사람이 김명훈이 틀림없었다.

"김 선생님!"

이광민은 몸을 벌떡 일으키며 팔을 뻗쳤다.

"아니, 이게 누구요? 이 동지 아니오!"

이광민을 알아본 김명훈이 손을 덥석 잡았다.

"여기는 어쩐 일이신가요?"

보통 옷에 권총을 차고 있는 김명훈을 훑어보며 이광민이 물었다.

"내 꼴이 좀 우습지요? 임무 수행을 하느라 이러고 다닙니다. 임정에 전과를 보고해야 하니까요."

"아, 예에……."

이광민은 그때서야 파견원의 임무가 한둘이 아니라는 것을 떠올렸다.

"그래 얼마나 고생이 많았소. 이렇게 무사하니 더 반가울 게 없소."

김명훈은 새삼스레 이광민을 바라보며 고개를 끄덕였다.

"헌디, 전과 보고는 어찌 허능가요?"

"그게…… 적의 피해, 아군의 피해, 전투 상황 등등 전투장의 모든 것을 핵심적으로 요약하는 거요."

"그런 걸 어찌 다 아는가요?"

"아, 그건 싸우는 것에 비하면 별것 아니오. 이 동지 같은 사람들이 앞에서 목숨 걸고 싸우는 동안 나는 뒤에서 그런 것들을 살피는 것뿐이오."

"예, 그렇구만요. 그럼 오늘 왜놈들이 얼마나 죽었는가요?"

"오늘 어랑촌 전투가 규모도 가장 컸고, 전투도 가장 치열했소. 왜놈이 600명쯤 죽었고 부상자는 그 세 배가 넘소."

독립군은 먼동이 틀 무렵 모두 잠에서 깨어나 부대 별로 떠날 채비를 갖추었다.

32

대학살

"우리 일본군이 간도 출병을 한 목적을 이루지 못한 원인은 바로 이 간도 땅에서 농사를 지어 먹고사는 조선 농사꾼 놈들에게 있소. 간도의 불령선인은 총을 들고 설치는 폭도들만이 아니라 농사꾼 놈들 모두 다요. 우리가 조선 농사꾼 놈들을 무식하다고 무시한 것이 잘못이었소. 그건 바로 정보원 여러분이 저지른 씻을 수 없는 과오요. 농사꾼 놈들은 폭도들에게 잠자리와 먹을 것을 제공했소. 그뿐 아니라 그놈들은 이번 토벌전에서 폭도들에게 길을 안내하고, 우리 일본군의 움직임을 폭도들에게 속속들이 알려 주고, 우리의 군용 전화선을 마구 잘라 내서 작전 수행에 치명상을 입혔소. 농사꾼 놈들은 바로 폭도들의 발판이고 뿌리인 것이오. 폭도들의 뿌리를 뽑으려면 그 농사꾼들부터 소탕하지 않으면 안 된다 그 말이오. 이번에 그놈들을 깡그리 소탕할 수 있도록 여러분은 최선을 다해야 하오. 그래야만 여러분이 저지른 과오를 씻을 수 있을 것이오. 다들 명심하시오!"

나남 사단의 작전참모장은 군홧발로 발을 굴렀다.

정보원들은 빳빳하게 굳어 있었다. 양치성은 작전참모장의 말이 지나치다고 생각하지 않았다. 쉬쉬하고 있지만 이번 토벌전에서 전사하고 부상당한 일본군은 수는 엄청났다. 오가는 말로는 전사자가 1,300여 명에 부상자가 2천여 명이라고 했다.

"이거 분풀이하자는 것 아닌가?"

회의실을 나선 동료가 툭 내쏘았다.

"어허, 말조심혀."

양치성은 눈을 흘기며 혀를 찼다.

"우리가 맡은 일이 답답해서 그래."

"그런 생각 말어."

"술이나 한잔하세."

"그려, 이따가 보드라고."

양치성은 건성으로 대꾸하고 돌아섰다. 술을 마실 여유가 없었다. 농민들 토벌이 시작되기 전에 어떡하든 수국이를 빼돌려야 했다. 북로군정서의 본부가 있던 춘명향 덕원리의 조선 사람들은 무사하기가 어려웠고, 더구나 동생이 독립군 지휘관이란 것이 드러나면 수국이는 두말할 것 없이 총살이었다. 수국이를 그렇게 죽일 수는 없었다. 그 빼어난 인물도 그렇고, 그동안 자신이 들인 공을 생각해도 그랬다.

하지만 어떻게 빼돌리느냐가 문제였다.

양치성은 시가지 쪽으로 발길을 옮겼다. 용정은 번화하면서도 언제나 말썽 없이 평온했다. 길 저쪽으로 연분홍빛 영사관 건물이 육중하게 서 있었다. 그 건물을 보는 순간 양치성의 머리에 퍼뜩 떠오른 생각이 있었다.

'그렇지, 바로 그거다!'

양치성은 영사관으로 뛰듯이 걸었다.

임 형사는 영사관 뒷길 주재소에서 권총을 분해해서 손질하고 있었다.

"응, 자네들 모임 어찌 됐어?"

얼굴이 넓적하고 기운깨나 쓰게 생긴 임 형사가 먼저 알은체를 했다.

"농사꾼들 동태를 미리 파악 못헌 과오를 저질렀다고 혼났군만요."

"그럴 줄 알았지. 어쩐 일인가?"

임 형사는 말을 하면서도 능숙한 솜씨로 권총을 조립하고 있었다.

"한 가지 부탁이 있는디요."

양치성은 엉거주춤 의자 끝에 엉덩이를 붙이며 상대방의 눈치를 살폈다.

"무슨 부탁인데? 말해 봐."

"저어……."

양치성은 임 형사 옆으로 바짝 다가앉아 아무에게도 들리지 않게 소곤거렸다.

"어쩌실랑가요?"

양치성이 허리를 펴며 또 상대방의 눈치를 살폈다.

"그 일을 도와주면 내가 자네 중신애비가 되는 건데, 중신애비한테 어떻게 대접하는지는 알고 있겠지?"

"예에, 아주 톡톡히 허겄구만요."

"그래, 아무 걱정 말게. 곧 토벌이 시작될 테니 서둘러야겠군."

이틀 뒤에 수국이는 체포되었다.

"아니 요것이 무슨 일이다요? 우리 수국이가 뭘 잘못혔다고 이런다요?"

감골댁이 임 형사에게 매달렸다.

"저리 비켜, 이놈의 늙은이. 죄가 있으니까 잡아가는 것 아닌가!"

임 형사가 감골댁을 사정없이 떠다밀었다. 늙은 감골댁은 여지

없이 나뒹굴어졌다.

"엄니이……."

뒤로 쇠고랑을 찬 수국이의 울음이 쏟아졌다.

"가자, 빨리빨리 걸어!"

임 형사가 수국이의 등을 밀었다.

"수국아, 수국아, 이 에미하고 함께 가자, 함께 가자……."

감골댁은 허겁지겁 딸을 뒤따랐다.

"빌어먹을 늙은이, 더 따라오면 당장 쏴 죽이고 말 거야!"

임 형사는 험악한 얼굴로 소리치며 옷 속에서 권총을 꺼내 겨누었다.

"아가, 수국아……."

감골댁은 신음처럼 딸을 부르며 털퍽 주저앉았다.

양치성은 멀찍이 떨어진 곳에서 몸을 숨긴 채 그 광경을 지켜보고 있었다. 그의 얼굴에는 만족스러운 웃음이 빙그레 피어났다.

수국이는 용정까지 끌려왔다. 고개를 떨군 채 큰길을 걸어가는 수국이에게 오가는 사람들의 눈길이 쏠렸다.

"아이고 임 형사님, 안녕허싱가요?"

장사 등짐을 진 사내가 임 형사 앞에 꾸벅꾸벅 인사를 했다. 양치성이었다.

"응 그래, 장사 잘되나?"

"예, 덕분에 그작저작 되능마요. 아니 근디, 요것이 누구다요?"

수국이는 놀라 고개를 치켜들었다. 눈앞에 양치성이가 서 있었다.

"서로 잘 아는 사인가?"

임 형사가 퉁명스럽게 내질렀다.

"예, 같은 고향 사람이구만요. 근디 무슨 큰 잘못을 혔는가요?"

"죄를 져도 큰 죄를 졌지. 딱 총살감이야, 총살."

임 형사가 거칠게 말하며 침을 내뱉었다.

"저어, 한 가지 부탁을 드리겄는디요."

수국이가 약간 숙였던 고개를 들었다.

"예, 말허시요. 내가 들어줄 수 있는 부탁이면 뭐든 다 들어줄 것잉게."

양치성은 일이 생각대로 풀리는 게 더없이 좋아 곧 쇠고랑을 풀어 주기라도 할 것처럼 말했다.

"우리 엄니헌티 내가 여기 있다고 좀 전해 주실라요?"

"엄니헌티요? 예, 그러제라."

양치성과 임 형사의 눈길이 마주쳤다.

"가자, 빨리빨리 걸어!"

임 형사가 수국이의 어깻죽지를 철퍽 쳤다.

일본군의 조선 농민 토벌은 다음 날부터 자행되었다. 그 행위에는 '불령선인 색출'이라는 명목이 붙어 있었다. 불령선인이란 독립운동가나 독립군을 일컫는 말이었다.

양치성은 연길현 의란구로 부대를 안내하라는 명령을 받았다. 의란구는 홍범도의 대한독립군과 안무의 국민회군 등 여러 독립군 부대들이 은거했던 곳이었다. 양치성은 의란구의 조선 사람들 마을이 봉오동과 같은 꼴을 면할 수 없을 것이라고 생각했다. 봉오동의 세 마을은 사람들과 함께 완전히 불타 없어지고 말았다.

양치성의 예상은 그대로 들어맞았다. 일본군은 의란구에 도착하자마자 조선 사람들 마을을 덮쳤다. 31가구의 마을 사람들은 모두 공터로 끌려 나왔다.

2개 소대 병력은 마을 사람들을 반원으로 에워싼 채 총을 겨누고 있었다.

그때 쇳소리의 일본말 외침이 터졌다.

"발사."

탕 타당 탕탕탕탕탕…….

요란하게 울리는 총소리에 남녀의 비명과 아이들의 울음소리가 뒤헝클어졌다.

비명이 멎으면서 총소리도 멎었다. 담배 한 대를 피울 짬도 안 되는 시간에 100명 넘는 사람들이 죽어 갔다.

"부상자를 확인, 사살하라!"

지휘관의 명령에 병사들이 시체 더미 쪽으로 우르르 몰려갔다.

병사들이 시체들을 타 넘고 다니며 아직 살아 있는 사람들에게 총을 쏘아 댔다.

"확인 사살 완료!"

하사관이 지휘관 앞에 경례를 붙였다.

"됐다, 불 질러라!"

군인들은 짚단이며 수숫단에 불을 붙여 집집마다 불을 질렀다. 마을은 삽시간에 불바다가 되었다. 일본군은 군가를 부르며 불붙는 마을에서 멀어지고 있었다.

한편, 수국이는 영사관 지하실에 갇혀 심문을 받고 있었다.

"네 동생 방대근이 지금 어디 있지?"

임 형사는 매운 눈길로 쏘아보며 싸늘하게 물었다.

"어디 있는지 모르는디요."

수국이는 떨지 않으려고 두 손을 꼭 맞잡은 채 고개까지 저었다.

"모르긴 뭘 몰라. 다 내통하고 있잖아!"

임 형사의 눈이 더 사나워졌다.

"아니구만이라. 9월에 집 떠난 뒤로 아무 소식이 없당게요."

"너도 저렇게 당해야 말을 듣겠어!"

임 형사의 목소리에 더 싸늘하게 날이 섰다.

"차, 참말인디요……."

수국이는 두려움과 공포가 밀려와 말을 더듬었다.

지하실 여기저기서 숨넘어가는 비명 소리가 끊임없이 들려오고 있었다.

"너 여기가 어딘지 알어? 거짓말을 해서는 살아서 나가지 못하는 곳이야. 발가벗겨서 매타작을 놓기 전에 똑바로 대란 말야."

임 형사는 수국이를 노려보며 능글맞게 웃었다.

"야아, 야아, 거짓말 안 허겠구만이라."

수국이는 울음으로 떨리는 입술을 물며 마른침을 삼켰다.

"아니야, 거짓말해도 괜찮아. 너희들 독립운동인지 지랄인지에 미친 종자들은 어차피 거짓말을 하니까. 너도 발가벗고 맞아 봐야 할 거야."

임 형사는 이제 정말 옷을 벗길 차례라는 듯 몸을 꿈틀거리며 말했다.

"아니랑게라, 아니어라. 참말로 참말만 허겠당게요."

수국이의 눈에는 눈물이 그렁그렁 고였다.

"그래, 좋아. 동생 놈이 어디 있는지는 모른다 치고, 니가 뒤에서 맡고 있는 일은 뭐야?"

임 형사는 덫을 치고 있었다.

"맡은 일 암것도 없는디요. 엄니허고 나는 그냥……."

"야 이년아, 또 거짓말이야! 이년, 너 맛 좀 봐라."

임 형사는 벌떡 일어나면서 수국이의 머리채를 잡아챘다.

"아이고메 엄니!"

수국이는 목을 빼 늘이며 절박하게 어머니를 불렀다.

"이년아, 이리 와!"

임 형사는 억센 기운으로 수국이의 팔을 꺾었다.

"말허겄구만요, 말허겄구만요……."

수국이의 입에서 흘러나오는 다급한 소리였다.

"이년아, 아가리 놀리지 말어."

임 형사는 수국이의 두 팔을 등 뒤로 비틀어 잡았다.

한편 양치성은 부대를 안내하며 사흘째 되는 날 왕청현 덕원리로 들어섰다.

"여기가 바로 북로군정서 본부가 있던 뎁니다."

양치성의 유창한 일본말 안내였다.

"다들 들어라! 이 부락 조센징들을 하나도 남김없이 끌어내라!"

지휘관은 니뽄도를 내려치며 부하들에게 외쳤다.

마을 사람들이 군인들에게 내몰려 이 고샅 저 고샅에서 나오기 시작했다. 양치성은 모자를 눌러쓰며 나무를 등지고 섰다.

"전원 끌어냈습니다."

"좋아, 모두 뒷산으로 몰고 가라."

총을 겨눈 군인들에게 에워싸인 마을 사람 100여 명은 뒷산으로 말없이 발걸음을 옮겼다. 바람은 매웠고 하늘에는 음산한 구름이 끼어 있었다.

"모두 나무에 묶어라!"

지휘관이 명령했다.

1개 소대의 군인들이 사람들을 에워싼 채 총을 겨누었고, 다른 1개 소대의 군인들이 마을 남자들부터 끌고 가 나무에 묶기 시작했다.

열댓 명쯤 묶였을 즈음, 한 남자가 군인을 떠다밀고 내뛰기 시작했다.

"쏴라!"

여러 발의 총성이 울렸다. 그 남자는 비명을 지르며 나뒹굴어 산비탈 아래로 굴렀다.

여자들이 끌려가면서 소란이 일었다. 아이들과 어머니들이 서로 떨어지지 않으려고 몸부림치며 울부짖었다.

양치성은 나무 뒤에서 감골댁이 묶이는 것을 지켜보고 있었다. 그는 비로소 마음이 홀가분해졌다. 수국이의 마음을 돌리려면 의지할 데가 아무 데도 없어야 했다.

"사겨억 개시!"

총소리가 다투어 울렸다.

양치성은 부대를 따라 5일 만에 용정으로 돌아왔다. 토벌대는

216

탄약을 공급받기 위해 본대로 귀대했던 것이다.

양치성은 곧바로 임 형사를 찾아갔다.

"어찌 됐능게라?"

"자네가 원하는 대로 다 해 놨어. 중신애비 공은 안 잊어버리겠지?"

"술 석 잔은 너무 작고, 뭘 선사허면 좋으시겄소?"

양치성은 싱글벙글했다.

"글쎄…… 팔뚝시계 해 줄 수 있어?"

임 형사는 큼직하게 내질렀다.

"예, 그리허겠구만요."

저런 날강도 같은 놈이 있나 싶었지만 양치성은 그런 마음은 내색하지 않고 흔쾌하게 대답했다.

양치성은 깜짝 놀랐다. 수국이는 몰라볼 정도로 수척해져 있었다.

"아니, 어찌 이리 되었소? 밥을 굶깁디여? 매를 맞었소?"

눈을 내려뜬 수국이는 움직이지 않았다.

"그동안 내가 뒷손을 쓰느라고 늦었는디, 엄니가 걱정이 태산이시오."

그 말에 비로소 수국이는 눈을 올려 떴다. 양치성은 이거다 싶었다.

"엄니가 나보고 무슨 수를 써서라도 풀려나게 해 달라고 신신

당부했소."

"엄니는…… 어쩌고 계시오?"

수국이는 눈물로 목이 막혔다.

"밥도 못 자시고…… 늙으신 몸에 그러다가 큰 탈 나게 생겼든
디요."

양치성은 슬픈 가락으로 말했다.

"엄니이……."

수국이의 눈에서 눈물이 쏟아졌다.

"내가 풀려나게 손은 써 놨는디, 어쩔라요?"

양치성은 마침내 화살을 날렸다.

수국이는 손등으로 눈물을 닦고는 입을 열었다.

"풀려나게 혀 주시오."

그리고 고개를 떨구었다.

"그럼 내 말 들어주겠단 말이오?"

양치성은 말뜻을 다 알아들으면서도 일부러 승리의 못을 치고
있었다.

수국이는 떨군 고개를 끄덕였다.

양치성은 수국이에게 새 옷부터 사 입혔다. 깨끗하게 목욕을 하
고 새 옷을 입자 수국이는 수척한 대로 한 송이 꽃으로 피어났다.

양치성은 수국이의 다급한 마음대로 다음 날 왕청현으로 가는

마차를 탔다.

마을이 잿더미가 된 것을 본 수국이는 실성한 것 같았다.

"아이고메 엄니, 엄니, 엄니……."

수국이는 허둥거리고 두리번거리며 어찌할 줄을 몰랐다.

"내가 댕겨간 뒤로 왜놈들이 헌 짓거리구만. 가만, 저 뒷산에 사람들이 묶여 있는 것 같은디."

양치성은 수국이를 부축하며 목청을 높이고 있었다.

"뭣이라고라? 어디요, 어디?"

수국이가 눈물범벅인 얼굴을 돌렸다.

"저기 저 뒷산 말이여."

양치성은 어느덧 말을 놓고 있었다.

수국이는 양치성을 앞질러 뒷산으로 뛰었다.

"아이고메 엄니이이……."

나무마다 묶여 처져 내린 시체들을 보는 순간 수국이는 혼절하고 말았다. 양치성은 비식 웃으며 수국이를 껴안았다.

양치성은 수국이의 마음이 흡족하도록 감골댁의 장례비를 아끼지 않았다. 수의며 관을 고급으로 썼고, 봉분도 보통 무덤보다 크게 만들었다.

"돈도 너무 많이 쓰고 애도 너무 많이 썼구만이라."

무덤을 뒤로하고 돌아서며 수국이가 양치성을 바라보았다.

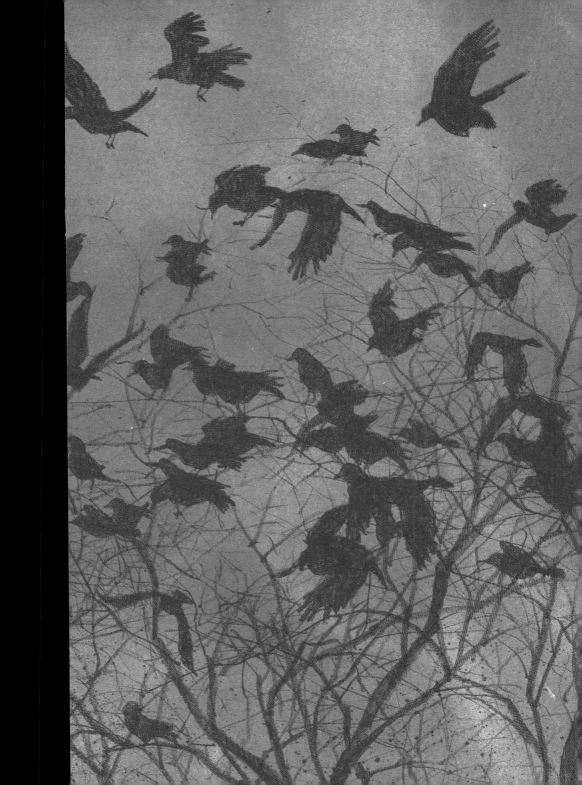

"무슨 말이여? 당연히 헐 일이제."

양치성은 기다렸다는 듯 대꾸했다. 그러면서 속으로 환성을 질렀다. 마침내 수국이가 마음을 연 것이다.

수국이는 양치성이 왠지 마음에 들지 않았다. 그러나 그가 고맙지 않을 수 없었다.

며칠을 쉰 양치성은 다시 부대와 함께 길을 떠났다. 수국이한테는 물론 장사를 다녀온다고 둘러댔다.

독립군을 뒤쫓다 놓친 일본군들은 조선 농민 토벌을 더 확대했다. 북간도 일대를 휩쓴 토벌은 11월을 넘겨 12월로 이어지고 있었다. 일본군의 간도 출병으로 시작된 그 학살은 벌써 넉 달째를 맞고 있었다.

날마다 이곳저곳에서 총소리가 진동하고, 마을이 불타는 연기가 자욱하게 피어오르고, 흰옷 입은 시체들이 언덕바지며 산비탈이며 개울가에 즐비하게 널려 있었다.

"우리는 이번 토벌 작전에서 불령선인들의 은거지를 집중 공략한 결과 학교·시교당·예배당 등을 포함하여 도합 3천여 채 넘게 소각했고, 1만여 명을 처단하는 전과를 올렸다. 이는 불령선인들이 다시는 날뛰지 못하게 하는 효과를 발휘할 것이다. 이번 작전에 앞장서 수고한 여러분들의 공을 치하하는 바이다."

작전참모장이 만족스럽게 장내를 둘러보았다.

1920년이 저물어 가고 있었다. 독립군들이 밀산 쪽으로 이동하고 있다는 풍문과 함께 사람들은 그 대학살을 경신참변이라고 불렀다.

〈제3부 「어둠의 산하」, 7권에 계속〉

조정래 대하소설

아리랑

[제2부 민족혼]

주요 인물 소개
소설에 담긴 역사 속 주요 사건

주요 인물 소개

송수익

사랑방 모퉁이에 서당을 차려 동네 아이들을 가르쳤으나 일본이 정책을 바꾸어 그마저도 하지 못하고 뒤숭숭한 마음에 신문을 읽으며 세상의 변화를 살피던 중 나라를 빼앗긴 울분에 의병을 일으켜 싸우다 일본군의 포위망이 좁혀 오자 만주로 이동한다.

지삼출

송수익과 함께 의병으로 활동하는 평민으로 신분을 뛰어넘어 모든 사람을 공평하게 대하는 송수익을 존경하고 따른다.

장칠문

아버지 장덕풍과 함께 친일의 길을 비판 없이 걷는 청년으로, 우연한 기회에 의병을 잡아 정식 일본 경찰이 된다.

쓰지무라

일본 영사관 서기로 하야가와와 합심해 백종두를 일진회 회장 자리에 앉히고 친일 단체의 뒤를 봐 준다.

백종두

고을의 이방으로 일하다 일본인들의 환심을 사 일진회 회장으로 추대되고 명예를 위해 온갖 악행도 마다하지 않는 인물이다. 양반 지주들을 불러 모아 토지조사위원회를 구성하는 지주총대를 뽑는다.

이동만

일본인 농장주 요시다에게 신용을 얻어 재산을 늘리고 신분을 격상시키는 데 몰두하며 시대의 변화에 민감하게 대응한다.

차득보

토지조사사업을 반대하던 아버지가 총살당하고 어머니마저 돌아가시면서 동생 옥녀와 함께 거지가 된다. 소리를 잘하는 동생이 주막집 주인의 눈에 띄어 몰래 팔려 가자 동생을 찾아 떠돈다.

정도규

큰형 정재규와 작은형 정상규의 재산 다툼을 해결하고, 물려받은 재산으로 동네 사람들을 보살피며 뒷날을 도모한다.

방보름

하와이 사탕수수 농장으로 일하러 떠난 방영근의 여동생이다. 의병으로 나간 남편이 죽고 시아버지와 아들을 부양하던 중 시아버지마저 병으로 세상을 떠나자, 어머니 감골댁과 동생 방대근을 찾아 고향으로 돌아온다.

방수국

방영근, 방보름에 이은 감골댁의 셋째 딸. 수국 꽃처럼 복스럽고 우아한 데다 눈이 번쩍 뜨일 정도의 미모로 남자들의 눈길을 사로잡는다.

양치성

아버지가 병으로 세상을 떠난 후 동생들을 부양하기 위해 구걸하다가 우체국장 하야가와의 눈에 띄어 일본 유학을 다녀온 후 정보 요원으로 일한다.

소설에 담긴 역사 속 주요 사건 : 1910~1920년

토지조사사업

1910년부터 1918년까지 일제가 한국에서 식민지적 토지 제도를 확립할 목적으로 실시한 대규모 조사사업이다. 총독부 소유의 땅을 최대화하고, 세금 징수와 한국 땅에 대한 치밀한 측량을 통하여 정치·경제·군사를 완전히 장악하고, 양반의 재산을 보호하여 친일 세력을 만들고자 하였다.

대한광복단

1913년 경상북도 풍기에서 조직된 비밀 결사에 의한 독립운동 단체이다. 장교 출신을 중심으로, 유림, 계몽운동가 등 여러 계층의 인물이 모여, 군자금 모집, 반역자 응징, 일제 관헌 기관 습격 등의 활동을 벌였다.

역둔토특별처분령

1913년 10월 29일, 총독부는 무력을 앞세워 국유지로 편입시킨 조선 사람들의 역토(자갈 많은 땅)나 둔토(군량미를 얻기 위한 땅)를 일본 이주민들에게 우선 대여해 주는 특혜법령을 발표했다.

국민군단 창설

1914년 6월 10일 하와이에 창설한 항일 군사 교육 단체로, 공식 명칭은 '대조선국민군단'이다. 박용만의 주도로 창설되었으며, 항일 무력 투쟁에 대비한 군대 양성이 목적이었다.

독립운동가 박용만과 이승만의 분열

미주에서 활동한 대표적인 독립운동가인 박용만과 이승만이 대립한 사건이다. 두 사람은 원래 사상적 동지였으나, 박용만이 무장 투쟁론을, 이승만이 외교 교섭론을 주장하면서 견해 차이를 보였고, 1914년 둘은 정적으로 갈라섰다.

종교통제안

종교 단체의 활동을 조사·정리하여 법규로 규정함으로써 종교를 식민 통치에 맞게 길들이고자 한 정책 중 하나이다. 이 일환으로 사찰령 공포, 성균관 폐지, 개신교 지도자 탄압 등의 조치가 이루어졌다.

조선물산공진회

1915년 9월 11일부터 10월 30일까지 일제가 경복궁에서 전국의 물품을 수집·전시한 박람회이다. 식민 통치의 정당성과 업적 과시는 물론 계몽과 선전이 목적이었다.

서당규칙

민족 의식과 애국심 고취에 중요한 역할을 담

당하던 서당을 탄압할 목적으로 제정한 법령이다. 서당 개설은 도지사의 인가를 받도록 하였으며, 교과서도 총독부 편찬본만을 사용하도록 하였다.

한인청년단

1918년 러시아 블라디보스토크에서 조직된 민족주의 단체이다. 망명객 최대일의 주도로 조직되어 150명 정도의 회원이 있었고, 한국의 독립을 위해 민족주의자들의 단결을 유도하고자 하였다.

민족자결주의

한 민족이 그들 국가의 독립 문제를 다른 민족이나 국가의 간섭을 받지 않고 스스로 결정짓게 하자는 원칙이다. 1919년 파리 강화회의에서 미국 대통령 윌슨이 제창한 14개조의 평화 원칙 중 하나이다.

3·1운동

1919년 3월 1일을 기점으로 일제에 저항하여 지식인, 학생, 노동자, 농민, 상공인 등 전 민족적으로 일어난 항일 독립운동으로 일제강점기의 민족 운동 중 최대 규모였다.

경신참변

1920년 일본군이 만주를 침략해 독립군을 토벌한다는 명목으로 무고한 한국인을 대량으로 학살한 사건이다. '간도참변', '경신간도학살'사건이라고도 한다.

소비에트공화국 수립

1922년 12월 30일 러시아를 비롯하여 4개의 소비에트사회주의공화국 사이에 연방 조약을 체결하여 '소비에트사회주의공화국연방', 약칭 '소련'이 탄생되었다.

조정래 대하소설
아리랑 청소년판 6
초판 1쇄 2015년 6월 15일

원작 | 조정래
엮음 | 조호상
그림 | 백남원
발행인 | 송영석

펴낸곳 | (株)해냄출판사
등록번호 | 제10-229호
등록일자 | 1988년 5월 11일(설립일자 | 1983년 6월 24일)

121-893 서울시 마포구 잔다리로 30 해냄빌딩 5·6층
대표전화 | 326-1600 **팩스** | 326-1624
홈페이지 | www.hainaim.com

ISBN 978-89-6574-516-7
ISBN 978-89-6574-510-5(세트)

파본은 본사나 구입하신 서점에서 교환하여 드립니다.

이 도서의 국립중앙도서관 출판예정도서목록(CIP)은 서지정보유통지원시스템 홈페이지(http://seoji.nl.go.kr)와
국가자료공동목록시스템(http://www.nl.go.kr/kolisnet)에서 이용하실 수 있습니다.(CIP제어번호: CIP2015014272)